现代中文小说名作

初版四十周年纪念版

吴煦斌

著

九州出版社
JIUZHOUPRESS

**图书在版编目（CIP）数据**

牛 / 吴煦斌著. -- 北京：九州出版社, 2020.11 (2021.3重印)

ISBN 978-7-5108-9344-5

Ⅰ.①牛… Ⅱ.①吴… Ⅲ.①短篇小说—小说集—中
国—当代 Ⅳ.①I247.7

中国版本图书馆CIP数据核字(2020)第139445号

牛

吴煦斌 著

本中文简体字版由银杏树下（北京）图书有限责任公司于中国大
陆地区独家出版。

著作权合同登记号：01-2020-4191

**牛**

| | | |
|---|---|---|
| 作　　者 | 吴煦斌　著 | |
| 责任编辑 | 周　昕 | |
| 封面绘画 | 无　风 | |
| 封面设计 | 黄　海 | |
| 出版发行 | 九州出版社 | |
| 地　　址 | 北京市西城区阜外大街甲35号（100037） | |
| 发行电话 | （010）68992190/3/5/6 | |
| 网　　址 | www.jiuzhoupress.com | |
| 电子信箱 | jiuzhou@jiuzhoupress.com | |
| 印　　刷 | 华睿林（天津）印刷有限公司 | |
| 开　　本 | 880 毫米 × 1194 毫米　　32 开 | |
| 印　　张 | 5.5 | |
| 字　　数 | 109 千字 | |
| 版　　次 | 2020 年 11 月第 1 版 | |
| 印　　次 | 2021 年 3 月第 2 次印刷 | |
| 书　　号 | ISBN 978-7-5108-9344-5 | |
| 定　　价 | 42.00元 | |

# 目录

# 吴煦斌的短篇小说

## 刘以鬯

中国现代短篇小说浩如烟海，像《猎人》与《牛》那样具有独特风格的，并不多见。读《金锁记》，我惊服于张爱玲在小说中显现的智能。读《猎人》与《牛》，吴煦斌在小说中显现的智能同样令我惊服。张爱玲是绿丛中的红，写小说，有特殊的表现手法。吴煦斌的小说，为数不多，也常能令人感到新鲜。两人之间只有一点相似：与众不同。张爱玲小说无处不是刺绣功夫的纤细精巧，民族色彩浓；吴煦斌的小说民族色彩淡，却充满阳刚之美。向丛林与荒野寻找题材的吴煦斌，是一位有抱负的女作家。赵景深曾对罗洪小说作过这样的评语："我们如果不看作者的名字，几乎不能知道作者是一个女性，描写的范围广阔，很多出乎她自己小圈子以外。"这几句话，用来批评吴煦斌的小说，更为恰当。将吴煦斌与罗洪比较，并无必要。两人走的道路，少有相似之处。吴煦斌不喜走坦途。她宁愿选择"红绒木枝桠差不多遮去了通路"（《木》）的杂木林或者"穿过木槿和草樱的短丛"（《牛》）。坦途会消弱勇气，成就必定来自苦斗。吴煦斌写小说，用笔精致细密，不经过苦斗，不能成篇。那是野心与能力的苦斗。

在城市里成长的吴煦斌见到"一只很美丽的蜻蜓"，就会想到"它怎会穿过这许多尘埃和寒冷来到城市里"（《木》）？同样的好奇，使我想到一个久居城市的人怎会"在森林中央一个小丘的洞穴里居住下来"（《猎人》）？这一份好奇，帮助我找到了问题的答案。吴煦斌要是对生态学没有兴趣的话，决不可能写出素材丰富而充满象征意味的《猎人》与《牛》与《山》与《石》与《海》……她用丛林象征理想，正因为她自己的血液里也"有雨和丛林"。蟒蛇吞食鼷蜥是极其残酷的事情，纵使"不能明白"，她却"觉得美丽"。读她的小说，除非不想看到超越现实的一面，否则，就该慢慢辨别，细细咀嚼。请接受我的劝告：牛饮与囫囵下吞会失去已得的东西。她长于绘影，也长于绘声，更重要的是：她长于描写动物与植物。这些描写，细腻一如端木蕻良，使小说中的文字变成鲜艳的油彩。据我所知：端木蕻良除了能书善画外，对生物学也有十分浓厚的兴趣。（一九三二年暑期，端木考入清华历史系与燕京生物系。）类似的兴趣使吴煦斌在小说艺术的表现上获致近乎端木的成就。不过，吴煦斌更富于想象。石壁上的牛群，会使她"感到这些泰然的强力的生命的注视"。这句话的含义，强迫读者深思。亨利·米勒曾在写给白先勇的信中坦率指出中国作家的肤浅。我们的感情遂被严重地刺伤了，不过，我们的小说缺乏深邃的含义确是多年来一直存在着的事实。重视吴煦斌的小说，因为她的小说篇篇都有深意。当你读过《石》或《海》或《山》之后，你不能不闭上眼睛思索那些隐藏的意义。然后，你会重读一遍，甚至两遍三遍……在那些好像"镕炼"过的文字中，诗与哲学如春天的花朵般处处盛开。当我们读到"风穿过树林发出奔马的声音"（《牛》）时，我们在读诗。当我们读到"带着不安的心坠入梦中，却无能进入更大的家居"（《牛》）时，我们在读哲学。这些充满诗意与哲理的文字，是叙述的工具，也提出了一些重要而不易找到解答的问题。吴煦斌在她的小说中不仅描写了现实世界的表面，还揭示了现实里边的本质。她写"不常常是蓝绿色的"海。她写"一夜之间消失"的山。她写"美丽奇怪的石子"。她写"蝙蝠"。这里，恕我说一句坦率的话：我不喜欢"蝙蝠"。她看来是个相信自然律的人，探究"生与死"，或者"人类远古的童年"，或者"广大的家居"，即使"远离宇宙"，仍是以大自然的精气作为基础的。她的小说，截至目前，多数与大自然相扣。

　　从鱼目堆中辨认真珠，是一项重要的工作。写这篇短文，用意在此。

一九八〇年六月十一日

# 佛鱼

"来跟着我！我要教你们得人如得鱼。"（马太福音 1.19）

回来的时候已经没有雨。黑色的山坳只有微弱的绿色闪光。我不知道怎样向山黄解释。那天捉的佛鱼相信已经死了，我忘记带一块石子回家，只有水它准是活不成的。

我慢慢走着。空气灰森森的弥漫着雾，固体般的雾随着我的过处慢慢开启，然后在背后合拢起来。我跟前常常只有一小块路，雨过后它已经没有了颜色，白色的圆形的一小块路，我不知道它会不会把我带回家里。

风慢慢从山中吹上来，我感到有点寒冷。出来时我已经知道衣服不够，但我不敢再在家里多耽一会。山黄这样从门后偷偷看我使我害怕。她把臂缩进怀里，让袖子空敞出来。我只有匆匆拿了伞跟他走。途中伞子给吹掉了，那天晚上风这样疾。山间架的桥也塌了下来。木枝凌乱地散落在暗沉的山树上。但他说没有关系，我们便继续走。雨点随着倒歪的风不住打在我们身上。我们的衣衫都湿透了，沉重地挂下来。后来雨渐渐浓密了，四周一片灰茫茫，我只看见他苍白的手臂在两旁挂下来。苍白的瘦长的手，在风中兀自摆荡。之后我们到了他山上的岩穴。

现在雾慢慢稀朗了，山树朦胧地盖着岩石色的日光。我似乎走了许久。回来的路程不知道为甚么这样长。身上的薄衣湿了又干，现在似乎硬了一点，不时轻轻擦着我的颈背。皮肤也绷得紧紧，像新长的一层外皮。幸好家也快到了。

走进白林里的时候，太阳已经渐渐下山。低黄的天空在枝桠间柔和地展开。地上的积水还没有干。枯叶和泥土里的水在我踩进去时吱咕流过我的脚面。我们的白树闪着寒冷的亮光。它们也快十呎高了，柔软的枝桠在空中左右牵缠，月铃花轻轻从上面挂下来，随着风发出轻轻的嘘声。我们已经很久没有把它挂在衣角，不知道它还会不会随着行走的脚步唱歌。

风已经停了，空中只有从叶子上掉下来的星散的水滴，摇摆着落到颈子上。我的腿有点发酸，脚完全麻木了。许多天不住给雨水侵蚀，它们已经白得有点透明，青苍的筋络蜷曲地在上面爬行然后攀到脚底。我的佛鱼也是这样的颜色，只是它头上多了一些灰黑的暗晕，一圈圈的叠到背鳍上。我第一次看见它的时候，它是躺在河边一块蒲团般的圆石子上，石子也是淡青色的。淡青的石子上一条淡青的鱼。它盘着底鳍一动也不动地看着流水，嘴巴一开一合地呼吸，眼睛的下皮受了牵动也在轻轻地抖动。那是一个澄明的早晨，在太阳下它发出淡淡的青光，给赤灰的四周盖上一层新的寒苍。四周一片寂静，只有流水不时的淙琤声。这里没有树，所以也没有叶子在风中的瑟索声。河两边尽是石块，一直伸展到白林的边缘。我刚从山上回来，手里拿着满瓶子的树液，看到这景象不觉怔住了。我静静放下瓶子蹑足走到它身旁坐下。相信那时已经是正午，天空很高，无际地架在头顶上。我也盘起腿呆呆地看着它，像它看着水流。我慢慢把手移近它青色的光晕，手上的细毛在青苍里微微发出亮光。我感到手背上渐渐加强的寒气。在大白的太阳之下我竟渐渐颤抖起来了。我屏着气一动也不敢动，远处也只有风沙的声音。但它突然展开胸鳍穿过静止的空气呼啦跳进河里。我急忙跳下来赶到河边，但它已经在白色河床的石子丛中消失了，水面也只有跳耀的白色亮光。之后，我看到他从对岸涉水过来。衣袍在风中蓬飞，太阳在他脸上盖上一层金黄的日色。

回到家的时候我已经非常疲乏。腿的肌络在轻轻地抽动。头也仿佛支持不来。我坐在门跟。风又渐渐强了，从外面带来一阵阵清淡的湿木气味。

山荑已经睡了。从这里看来她非常细小。在暗黄的竹床上，她弯着白色的身体向外躺着，一只手放在脸下，另一只挂在床缘，头发柔柔泻下来，衣衫的下摆也撩起了一角。我站起来轻轻走近她，相信她已经怄哭了许久。她的眼睑还有一点红，手腕给鼻子压着的地方残留着一些未干的泪渍。我轻轻把她的发撩到肩后。细小的孩子的肩膊。许多个晚上当她以为我睡了的时候，我看见它们在床的角落里轻轻抽动，然后惊怯地慢慢翻过来看看我有没有发觉。我的山羹。

太阳已经降得很低，外面的白树可能已经慢慢变成了红色。我看见有几根头发黏在她的脸上，横过了小小的下巴，绕到后面去。我轻轻把它们拉出来，给压着的地方现出了一些淡红色的浅沟，这也渐渐平伏了。

风又吹上来，床上的花瓣有几片翻飘到床下。颜色已是淡棕色，静静躺到地面深褐的花层上，槐树桩的桌子和小凳边缘、风壶的耳朵上和树墙间缀满的花朵已经垂下了头。她衣袍前大口袋中的花也枯了，有一些给压皱了，尖直的折角露出口袋外，有些给压出液汁，把白色的袋子沾上暗紫的渍痕。或者她真的许久没到山上唱歌，采我们的花；或者她已经呆在墙角许多天，身子徐徐陷进床心，垂着头等我回来。我轻轻挨前，握着她的手。

太阳已经沉得非常低，顽艳的搁在横窗外，整个房间在一种虚幻的红光中飘浮着，我怔怔的看着她的脸，在浮荡的光里，她的眼睛慢慢睁开，一霎一霎地亮着。突然她惊跳起来半蹲着退到墙边，双手张开按着后面灰棕的树墙。她憔悴了，脸上也只有太阳的光彩。我没有做声，但她已经慢慢平静。她低下头咬着嘴唇轻轻笑起来，然后提起衣角膝行到床缘，像风中移动的影子，头发都溶进太阳里。现在她的眼中有泪了。她提起手搂着我的脖子，宽阔的衣衫的袖子缓缓滑下来，露出苍白的手。同样是苍白的瘦长的手，同样的召唤。风又吹起来了。

“我以为你不回来了。”

　　她把脸贴在我敞开的胸膛上，灼热的湿润的脸颊，灼热的唇，我怀里剧烈抽动的身体。我感到她短促的呼吸。她颤抖的手轻轻捏着我的肌肤。我在床缘坐下来。她柔软的缠绻的发飘到我的耳根。她垂下手慢慢滑下去，伏在我的膝上哭泣。她的身体折起来，像白色的胚胎。我感到我腿上她轻轻的牙咬，和透过衣衫的湿热的呼气。

　　"我不回来了。"

　　这里已经许久没有下雨，树墙上新长的雨叶等一会又会掉到床间来，让海里来的鸟把它盖在翅膀的伤口上。但它也许久没有来，可能它已经回到同伴间去了。

　　山羮这时已经退到墙边。白色衣衫里小小的身体在暗红的光中摇晃不定。她的手伸高抓着横窗的边缘。宽阔的衣袖又掉到手肘上。她歪着头轻轻倚着树墙，揉乱的发飘披在淡红的脸上。她已经没有哭，刚才的泪也渐渐干了。外面只有叶子还在乘风兀自翻飞。

　　可能她已经期待了许久，许多夜里她静静躺在床上看着横窗外星光的白树时，她已经想着这样的事情发生，想着这一切怎样开始，我的沉默。自从我跑到山后高顶的树上看天空以来，我便看见她逐渐憔悴。起初，她到河边打水后会挽着水桶走到高树对面看着我，静静等我下来。她会给我唱歌，念我们的诗，她的发上、衣衫上戴满了奇异的花朵，脸和手在太阳下发出宕荡的金色亮光。有时她只在那里向我微笑。风中的发在眼睛里蓬飞。开始时我总禁不住下来握她的手，跟她一起看灼热的土地上芒刺的种籽。后来我只是看着她，看着她白色的足踝停止旋转，她的脸慢慢暗淡下来，看着她在太阳下怔视的眼睛。我想她已经开始了解。最后她只是远远站在树下看着我，宽阔的白色衣袍在她身上拍打，花朵给吹得四散了，恁地在空中飘舞。

后来许久她都没有唱歌。或许她已经编了许多关于孤独的故事。只是在等待我告诉她日子已经来临。我不知道怎么办。看见她枯萎下去，我心里感到绞痛。她曾经是这样一个云端的女孩，现在她绝望而美丽。但我不能做甚么。在我遇到他以后，我甚至没有明白。

现在一切都简单了。她不用再害怕。要发生的事情已经发生，最痛苦的在脑子里怀想了这许久，覆演了这许久，现在已经不带来伤害。她的脸孔甚至是柔和的。

"跟他一起么？"

风的说话。风的声音。

柔软的白色枝条从横窗外伸进来，影子落在她白色的衣袍和竹床上，轻轻随着风吹摇曳。在这黯红的流动的天光里，她看来好像在透明的黑树丛间摆荡，一晃一晃。

"跟他一起。"

"哪里去？"

"海边去，有人的地方。"

或者不是这样。他没有说。他只是叫我去，我便去了。之后便是不绝的山路和岩石。我们都没有说话，到岩洞后他便让我坐在干地上。麻色的宽阔的岩洞，壁上零星长着灰亮的双瓣山叶，一片一片，在风中像拍翅的青虫。他用石竹的根生起火。我们的衣衫都湿透了，发间的水掉下火里，升起淡青色的烟。我们的绳鞋都在雨中丢了，落在山洼里。我们把脚放到柴火旁，让暖气慢慢升至腰间。我们都听到石竹发出轻轻的卵裂声。之后他告诉我到海边的路。

"真的不回来么？"

我也不知道。我能告诉她甚么呢？我没有计划，也忘记了许多事情。我甚至不晓得甚么会发生。他现在仍在等候我么？或者我得一个人下去，看海洋上白色的风痕。或者我们会走到人丛里，我会听见他对他们说话，他苍白的手指着日照的天空。或者，许多年后我再会回到这里看门旁山黄透亮的脸和飘荡的风袍。但我该怎么说呢？

"不。"

太阳已经完全下山了。房子昏沉的溶进阴影里。我只看见灰墙前她灰白的袍子和苍白的手。

荒山的风从横窗外吹进来，带着雨湿的气味，可能明天又会下雨了。

一九七二年

# 石

## 一

　　叶子上长着白氄氄的细毛，光晕一般散进周围的空间。每趟风扬起总把枝叶吹得颤动，这些暗白色的叶晕就如山里飘下来的雾向旁边展开了。

　　人们说这些扩散开的叶晕是死者的呼息。

　　父亲还没有回来。今天早上我看见他从橡林旁的小路翻上山去。这小路现在铺满了白千层树的树皮和迷迭香的枯枝。冬天过后，新的迷迭香便会再长出来了，满满的花点衬着白千层白色的柔软的枝干。父亲喜欢抓一把放在袋子里，让风把香气散播在他的周围。今早他还是推着用桦木造的手推车上山去。车左边的轮子给那天扛回来的青石压碎了一角，转起来一拐一拐，盛不了甚么。这应该修理一下的。但桦树林去年冬天已经烧光了，现在那边只剩下一片焦土，盖着一层厚厚的木灰，每当风从西面吹来，还可以嗅到一阵枯焦的气味。下雨后那里成了一片无边际的黑泥沼，软绵绵的伸展到峡谷的尽头。有一天我把父亲一块石子扔进去，它停在泥面一会，然后缓慢地，无声无息地沉下、消失了。泥面上没有半点痕迹。

那是一块菊黄色、头颅般大小的圆石子，上面有黑色的斑点，从石中心散布开来。父亲前一夜把它带回家里，他把它抱在怀中许久，然后踏上梯子，珍重地把它放在他的石堆山顶端。第二天早上，天一亮他又爬上去看了好一会才推着木车上山去。是我把它摔坏的。我看见一只玄黑色带着油亮绿光的大山鸟钻进石堆的隙缝去，我伸手进去抓它的腿，但它扑一声飞掉了。石子摔在地上，砸破了一角，黑色斑点的碎砾散在粉黄色碎石的周围。我把它盛在一只布袋里扔进黑泥沼。父亲回来后沉默了许久。

父亲对石子特别沉迷。他每天推着手推车从各处把它们带回家里，放在屋后的空地上。从石滩、浅涧、山上的岩穴、谷口、泥土的里层找来的，不同形状、大小、颜色、性质的石块。风化的、雨露侵蚀的，带着空气或海潮斧凿的疤痕，带着树根、盐、水流、野兽和夜露的气味。美丽奇怪的石子放在一起，各自唱着不同的歌。柔软的石子，捏在手里像沙一样散开来，仿佛没有形状。菜紫色的、砂赭色的、烟蓝色的，像幽杳地从树梢下降的雾、青褐色的划着枣黑的伤痂，还有闷黄色的、麻红色的。有一块像一只唱着歌的鸟，唱了一半突然变成石头，歌声停止了，但仍然继续呼喊。四散的石块是惊慌的牯牛，陷入大地深沉的呼吸中再也拔不起身躯。另外一些像果子，叠在累累的生命上端等待下坠。还有许多是沉默的，躺在缝隙间，没有姿态也没有声音，凝视着四周寂静的空间像一个沉郁的梦。父亲喜欢把它们揣在怀里，抚摸上面的花纹。他的床上放满了各种颜色各种形状的小石子。早晨起来时往往发觉它们还沾了他的温暖。较大的，他把它们叠在屋后的空地上，砌成一列小小的山脉，一直蜿蜒爬到后谷像一头冬眠的龙。父亲夜里醒来会坐在井旁的树桩上看着它们。它们在黑暗中发出淡淡的磷光。父亲吸着旱烟，烟火在幽黑中一明一灭，仿佛一头呼吸的生物，挪着瘦瘦的身躯晃荡于澄澈如水的夜空中。躺在床上，我常常嗅到渺渺飘来的烟香。

但今夜父亲很晚才回来。

自从木车的轮子破了以后，父亲许久没有带石子回家，一连几天他都弯到后谷的山上去，我看着他推着破轮的车子拐上白色的山路。他的肩膊有点歪，宽阔的长衣在风的拍打下使他显得更加瘦小。

后山现在已经没有人居住了，偌大的山只剩几所烧焦的荒屋。那次大火后，土地都变了红色，红色的粉末掩盖了地面上的一切，人们都迁到山后的村落。在附近，只有我们这谷间还住得下来。我记得那场火，夜里一丛丛火焰从半山升起像异种的花朵。人们都逃出来，裹着毛毡站在山脚看燃烧着的天空，仿佛在看一个奇异的景象。现在那里完全荒废了。我每星期拿山芋到市集卖都从那里经过，偶尔只看见一头瘦瘠的狗懒洋洋地躺在几棵焦黑的秃树的长影里。

今天父亲回来的时候，带回一块奇怪的锈红色的石块，有半个人那么大，上面是许多整齐的圆洞，像一管管风笛插过它的身体。父亲把它放在木车上从后山推回家里。破旧的车子在灰白的小路上一拐一拐地扬起了附着石块上的红色土壤和地上层层的白色尘埃。我刚在炉旁烧洗衣的水，从窗外看见父亲在一丛红晕里回来。

父亲把它放在窗下，好教自己一醒来便看见它。那夜，他吃了两碗满满的芋粥，拍拍我的头便熟睡了。我夜里醒来看见他披着长衣站在门旁发怔地看着他的石子。山上吹下来的强烈的夜风解开他胸前的带子，衣衫扬起像一片风帆。他只是微笑。

跟着好几天他都留在家里，一步也不离开他的石子。他把一张凳子搬到它跟前静静地看着它。石子的颜色在日间显得更加鲜明，但它仿佛越来越小了。每当风吹起时，它总是扬起一阵红晕，不知是黏着的红土还是石子本身的碎屑，落下来便成红色尘埃。这山谷的风特别大，红色的粉末黏满了我父亲的手脸。我拿毛巾给他揩拭，但颜色残留在他脸上深陷的缝隙间，使他看来越来越像他的石块。渐渐的，父亲甚至拒绝把它揩掉了。

## 二

一天，我看见一头生物从后山的白路上拖着腿慢慢朝我们的屋子爬来。它的头贴着地面，长长的嘴巴刮着地面上的白土。

我害怕地朝父亲看，他把手搁在胸前，仍然微笑地凝视着红色的石块。我回过头来时，它已经攀过了后园的矮石篱，一步一步缓慢而稳定地朝我们走过来。它像一头小鳄鱼般大小，一头红色的鳄鱼，拖着一条沉重巨大的尾巴。我发觉只有它的腿在动，头和尾巴像树枝般从枝干两端竖开来，像没有生命的装饰。它红色的皮肤上长着嶙嶙的触角和仿佛透明的淡红的小泡。走过时地面上留下了一行黏液和一条由它嘴巴刮出来的深痕。我开始嗅到一阵焚烧的气味，随着风涌满了整所屋子。

它爬到红石旁就停下了。父亲慢慢站起来握着我的手，然后我们看到它把爪子伸进红石的圆孔里，支撑着慢慢地爬到石顶。然后它便停下来一动也不动地俯伏在那里。

我们一直守着它直至深夜。后来我们睡过去了。

翌晨醒来，它还是同样的姿势，只是沉重的尾巴垂了下来，身上的红色也变得更深。

中午的时候，冬日的太阳强烈地照着这山区赤裸的峡谷。我们看着它渐渐松软，塌下来，身上红色的小泡慢慢涨大，裂开来，冒出气泡，流出一种红色的液体，渗进红石中，或是沿着下垂的尾巴掉到地上，把带白的土地染上深深浅浅的红点。然后它掉下来，不再动。红石子在它坠下时给砸掉了一角，红色的粉末盖满了它的身体。

我提议把它扔到黑沼里，让泥污把它埋葬。但父亲说既然它从红石的地方来，就让它葬在红石的地方。我拿一把铲子在石子的旁边挖一个洞，把它葬在那里。我发觉整所屋子充满了它的气味。

那夜，我在梦中给一阵急剧的拍翅声惊醒。黯淡的星光下，我看见无数黑色的巨大的蝴蝶在强烈的气味中向我们扑过来。

它死后第二天，石块忽然发出隆隆的声音，然后整块石粉碎了，变成一堆红土盖在它埋葬的地方。石块塌下的时候，四周升起一阵红晕。我仿佛在红晕的中央看见父亲垮倒在椅子里。红色的尘埃慢慢沉下去，但父亲仍然颓坐在那里，动也不动地怔视着前面的土堆。仿佛这样可以记着它最后的模样，它的竖立和横伸的姿态。自此以后他再也没有说话。

那焚烧气味越来越浓烈。在带着冬雾的风中，它变成一层厚厚的黏膜，牢牢贴着你的皮肤，再也挥不开去。你呼吸时仿佛在口腔里感觉到它，感觉它正在你的血液里慢慢溶化。

屋子逐渐盖满了一层锈红色的霜，怎样也揩不掉，在墙上，桌上，木碗和木斗里，被褥和衣袍的折缝中。在夕照中，每当风吹起这些红色的尘埃，整所屋子就像在一种昏沉的红色里微微颤荡起来。我每天早晨到谷前的石涧洗濯头发和身体，但一夜之间头发又变成一堆厚厚的红色垂在背后。我的皮肤也越来越粗糙，像红色的沙砾。

有一天，我经过谷后的荒山到市集时，看见一个男子躺在一所破屋的阴影里，他的身旁放着建筑的工具。他或许是从另一个山来的。他来这里干甚么？他附近有一条狗正在抓着身旁的红土，把里层一些褐黄的土壤翻了出来。

屋子里，黑色的夜蝶越来越多了，它们的翅膀在夜空中翻起一阵一阵寒冷的风，微弱的拍翼声仿佛震撼了整所屋子。它们从每一处地方进来，从窗隙、门下、甚至破墙的缝。它们把身体从狭小的间隙挤进来，翅膀给挤掉在外边，身躯掉到被褥上，不久也枯干了，留下一点油渍。在漆黑中，我恐惧地看着眼前晃荡的空间。

黑蝶之后便是蓝色的风蝇。我从山后回来，看见墙上、窗子上全盖满了蓝色的斑点，我拿着抹布走近时才发觉它们是一只只拇指般大小的黝蓝色的风蝇，散发着淡淡的亮光。那是一种彩蓝的亮光，在天空中散着点点的金色。它们一动也不动地蹲伏着，我走过去拍拍木墙和窗子，它们只向前走了几步便又停下来再呆伏在墙上，有许多甚至动也不动。它们是从哪里来的？这些不会飞翔的蓝蝇？

然后是一群群的红蚁，在蓝蝇的周围缓慢地爬行，有时聚在一起，形成参差的图案，然后又散了，各自挪着肥胖的身躯在墙上颠踬。

这些奇异的生物，它们来是为呼吸这里浓烈的焚烧的气味么？

## 三

父亲越来越憔悴了。白天，他拖着腿在家具间茫然地走来走去。宽阔的长袍擦过地面和桌椅，走了几步又停下来。夜里，他只是坐在屋外窗旁的椅子上怔视着那块红石余下来的越来越细小的土堆。在强烈的气味中，我听到他沉重的呼吸。外边森暗的夜沉重地压着这颓落的山谷。父亲的身体溶进背后的黑影里，只有他的眼睛很偶然才在暗淡的星光下闪一闪。一切显得死寂，没有甚么在动。屋里只有黑蝶躁急的扑动和炉子里的一两点火花偶然飞溅进黝黑的夜里。

那天经过的时候，看见山上那人已经把屋子修好了。我看见他正在屋前弯着腰用铲子铲去表面的红土，把一些暗绿色的种籽埋在底层褐黄色土中。他的背在灿白的太阳下闪着柔和的汗光。

父亲再开始到山上去，现在红土堆已经完全消失了。天刚亮，我便看见他吃力地攀上通往荒山的路。他没有推木车，它的轮子那天运红石时压了那么久，已经不能再转动，完全垮了。父亲只在肩膊上挂了一个大网袋，他的长衣被风吹动，他一拐一拐地走着，像那给红石压垮的木车。

那天晚上他很晚才回来，他把空网袋搁在桌上便倒在床上睡了。随后许多天他都空着手回家。失望中他的背更弯了，仿佛再不能负载任何的重量；他常常在一个动作中顿下来，起来走了几步，就停住了，好像给甚么阻挠着不能继续。

只有在屋外，在消失了的红土堆旁，他才显得自然一点。

浓烈的气味和红土的痕迹正侵蚀着整所屋子。墙壁发霉了，木的纤维会随着手指的压力陷下去，那天大门掉下了一角，在地上砸得粉碎。整个屋子好像随时会随着任何的压力而倒下来，像红石一般消失得无影无踪。

终于，有一天早晨父亲没有起来。我看见他睁着眼睛看着布满裂缝和蓝蝇的昏红的天花板。他一只手放在胸前，另一只从袖管里伸出来搁在耳旁的竹枕上。我走过去把它轻轻握在手里。瘦瘪的布满皱纹的手，像他的脸一般盖着一层黯红的尘迹。我在他松软的皮肤上轻轻揩着，但红色已经深入皮肤里，成为皮肤的一部分。

后来他睡了，好像疲乏得再张不开眼睛。他的鼻子开始发出嘶嘶的声音，一下下从胸中传出来，像一根破管的风笛的声音。呼出来的气吹动从耳根飘过来覆到嘴边的几根白发。

这声音一直继续了几天，然后停止了。他的手在我掌中渐渐冷却下来，显得更加瘦小。我把它放进褥子里，用双手按着他的脸，希望把他温暖过来。我全身淌着汗，在傍晚的凉风中止不住轻轻地颤抖，我拉拉胸前的衣襟。他锈红色的脸被我的手汗弄湿了，在黄昏恍惚的天色中，发出一层淡淡的红光，使他看来显得年轻和安详。我轻轻把他嘴旁的发丝拨到耳后，它们随手甩开，在微风中飘荡出去，然后像蒲公英一般降落到地上来。

我一直看着父亲的脸，直至再也支持不了昏睡过去。

我把父亲葬在荒山的红土里。

然后我看到不远处锈红的背景中有几株嫩绿的幼苗。我跑过去蹲在地上看它。柔和的山风带来了淡淡的清香。那是一种不知名的植物，淡黄色的枝，紫色的叶梗。我轻轻拨开土壤看它的根。然后，在奶白色的根旁，我看到了一块霜红色半透明的小石子，它安详地躺在暗黄的湿土里，在根须的网孔中透出柔和的亮光。我把它轻轻挖出来握在手里，感到一阵温暖散播到全身。我看着它，它棕亮的斑纹仿佛充满了液汁，在我抖动的掌中舒缓地流动着。是的。我深深吸了一口气。它是我的第一颗石子，我将会在这里或更远一点的地方建我的屋，在深沉的土地上砌起我的石龙。

一九七三年

# 山

　　风起了，在这偌大的桃木色的厅子中我越发嗅到那强烈的熟悉的气味，像烟一般升起，袅袅地弥漫到每一角落。恍惚的、遥远的，随即又散了。

　　弟弟已经睡去。门后的黑暗中只偶尔传来床上轻微的翻动的声音和风的拂拍。我现在是更难看见弟弟了，我只能从紧闭的门后传出的各种声音知道弟弟仍在屋里。我们已逐渐远了。使我们仍留在同一所房子中的，相信只有一种对过去模糊的感情和不快的悬念。这是我们唯一的联系。可是，我知道他不会再回来了。

　　我第一次见他是在同样多风的一个初秋的黄昏。我同样坐在这桃木的椅子里看着屋外的园子，那是一个深邃的葱郁的花园，密茂的枝叶和藤蔓攀满了屋子的外墙，像绿色的狭长的疤痕。我在这里度过了童年和少年，它粗疏地塑造了我的轮廓，也给我带来浓密的阴影。那天，我在花朵微红的晃动中看见他。

　　他很瘦，在暗红的光影中，他仿佛在热带植物宽阔的枝叶间悬泛着，然后便消失了，树隙间我只看见他栗色的衣服在风中飘摆，不久却又在晚阳虚假的亮光中溶化。我站起来，跑到窗旁。这时父亲已经迎出来了。父亲是一个寡言的人，非常老了，他已经许久没有离开他的房间，现在竟然走到院子里来。然后我看见他们坐在纠结的蕨草旁一块垫子一般的黄石上。在蓬乱的横生的植物丛中他们显得很小。淡红的亮光穿过群树朦胧地在他们身上照出一个个浮泛的光晕，在微弱的风吹中晃荡着，他们越发令人感到不真实了。这时弟弟已经走到我的身旁，他手里拿着软木造的蝴蝶，看见这景象又放下它，俯在窗框上，用手支头看着，他的脸在这晚阳中竟也亮起来，他这就在那里开始想着新的事物吧。风偶尔吹开覆盖他们的枝叶，又再把它们合拢起来。寂静里我听见昆虫嗡嗡的声音。我们轻轻走进园子去。

他让我们坐在他前面的红草上，便又无言了。他的头发很长，柔和地垂到额前，胡子差不多遮去了嘴巴，整张脸孔只留下眼睛，迷惘的秋夜一般的柔和的眼睛。父亲在旁边也沉默着，有时拂着衣上的皱痕。天逐渐暗了，灰重的雾从四周围拢过来，我看见他拾起周围的干枝生了一个火，然后从麻色的袋子里拿出一只铁兜、一壶水和一盒小豆，烧起汤来。柴枝的火花溅进四周横伸的枝叶里。黄蝴蝶在他的跟前飞动，然后他向我们说他的故事了。

那是美丽而奇异的故事，我们在以后无数寂静的晚上重复听到这相同的故事，每次都同样感到惊讶和震动。可能细节的地方改变了，蔓生的可能是蜈蚣草而不是羊齿草，是天狼而不是青鹿居住在蓝树的树枝上，但其他总是以相同方式、相同的排列次序出现，未说到的时候我们已经期待了，到它们真正出现了却又每次都感到意外。我们就这样开始做起我们的梦来。

我们开始幻想他告诉我们的一切，他失去的山和山中的鸟兽、白垩土地上红蚁湿润的行列、液态的风、红树绵绵的扯不断的枝干攀过黑土、石龙和没有阴影的藏青色的尘埃、巨大的蛇背上长着猪鬃般的硬毛、白鸟的叫声像鼓、风吹过时谷间的黄树丛会发出泡沫沸腾的声音、春天的红太阳和寒冷。

他说他的山是在一夜之间消失的。他栽了一株草，翌日醒来四周便只剩几块零落的石头和一丛黄菊，白色的粉末盖满了延展多里的湿地上。他现在正在找寻这山，已经找了许久，但仍在找下去。有时仿佛看见它，朦胧地在空中晃荡，随即又消失了。他越过焚烧的大地和海流，蕨草在他走过的路上生长，然后一切尽成荒野了。一天父亲看见他在一条冒着泡沫的沸腾的河旁等候，便邀请他到我们的园子来。

而我们以后许多个晚上就是这样度过了，许多微风的无声的晚上。他总是在黄昏的时候来，然后在园子里生一个火烧汤。风在他的脸上吹拂，在闪烁的暗红的火光中，他的脸显得更飘忽不定了，而这时他身上发出一种枝叶在太阳下炙晒过的强烈的甜美的气味，一种不断在记忆中侵袭我们的奇异的芳香。有时我们听得累了，他让我们在草地上睡去，翌日我们醒来时脸上会有一条条狭长的红草的印痕。有时我们看着他和父亲守在这静夜里，看星光暗下去。四周是沉沉的黑影，只有我们中央的火光给周围投下了一层暗红色的微弱的光晕。我看着他们对视的脸，开始了解两人间一种沉默的关系。

但有一天，他告诉我们他不会再来了。他要到更远一点的地方继续找寻他的山。我记得那是豪雨开始后的第三天，我们全疲乏地躺在椅子上聆听着雨声，希望它会突然竭止。四周是厚重的湿黏黏的空气，沉重地裹着我们的皮肤，叫人难以呼吸。豪雨第一天带来的清新现在已经变成一种负担。屋外的园子现在显得更空洞，地上至少积了五时以上的水，而雨却越来越浓密，像一幅厚重的幔幕，使一切都模糊了。然后我看见他慢慢穿过雨的迷雾走过来。

他湿透了，这是他第一次走进我们的屋子。说完话他便离去。我们呆了好一会，然后追出去要拿雨具给他，他在背后挥挥手，便继续向前走，平和地、稳定地，仿佛是雨中的一种仪式。

然后我听到园子中的一棵树倒了下来，隆隆的声音似乎继续了许久。

翌日雨停了。园子中的积水慢慢退去，一切都回复原状。树木更葱郁，然而父亲却没有再到园子去。

随着的许多天我们都喝豆汤。细颗的、透明的、土黄色的豆子，我们用木匙一口一口舀来喝，倚着墙，像他倚着树干。但我们都知道那跟他并不一样。

每到黄昏的时候，父亲便站在窗前，他用手肘支着身体努力看着仍带湿气的园子，肩膀微耸起来。他显得更瘦了，然而园子却也只有枝叶的晃动，偶然夜鸟从树上蓦地飞起，在空中划一个弧又静下来。夕阳的光逐渐退去，四周是更广大的黑暗。有时月亮出来给地面投下银色的影子，此外便只有雨后偶尔的流水声和蕉叶在风中的拍打。

园子比从前冷了。锈红色的蕉叶树干在夜光下发出青淡的光，看来更像金属，一棵肆意生长的金属的树。而我们也没有见到蝴蝶了。细小的，淡黄色的夜蝶，每当他来的时候便出现，在他的周围飞舞，仿佛从空中出来，随着他的说话扑动，有时它们会停在我们的手上、脸上，像一滴滴自天空掉下来的亮光。它们的拍动使我们四周变得柔和了，现在一切都坚硬如铁。

父亲更沉默了。有时他会呆在窗旁，一连几天一动也不动，雨来也不退开。当风把他的头发吹到脸上，他怔怔地看着在我们的忽视中越长越茂密的绿色的园子。

然后有一天我看见父亲从地窖里拿了一大片干肉放进同样是栗色的麻袋子里，他带了盛满水的木壶，穿上绳鞋默默地向大门走去，我们倚着墙看着他的背影在园子里逐渐缩小，逐渐沉没在四周蓬乱的蕨草丛中。然后我们看见他从硕大的阴影中向我们招手。我们连忙放下手中的柴兔，奔出去。

园子外是一条通往南面大湖的长长的山路，很宽阔，却光秃秃的没有蔽荫，没有树，甚至没有草，两旁是飘扬着尘埃和碎屑的土地。我们走得很慢，父亲已经老了，而我在这汹涌的热气中感到晕眩。现在已是六月的天气，空荡荡的天空里只有猛烈的太阳强悍地照着。我们走了许多天。我清楚地记起那些日子，我们期待夜的降临，好避开午间的炎暑和眩目的白光。我们会生一个火烧汤，然后任黑夜吞去火焰。我们在天色暗下来时睡觉，在白天沿着大路走，我们两旁是无尽的白色的尘埃，风起时它们从两旁的白土上扬起，簇拥在我们周围，像白色的厚重的帷幔从上面罩下，看不透，挪不开，风息了它们便又降下来，散到我们的头上和肩上，好待风把它们扬起。我感到越来越疲乏了。我不能抵受这刚猛的白色的太阳，我的脚也破了，我来不及换上布鞋便出来，绳鞋给太阳晒得干硬，在我的脚上割出了一道道的损痕，混合了汗液和溶进去的尘埃，它们溃烂了。

弟弟脱去了一层一层的皮，现在已经是焦棕色的了。太阳给他的脸上和手上结了一个个焦硬的痂，痂下面不住有白色的液体渗出来。

只有父亲仍在暴热和尘埃中安详地走着，甚么支持他呢？而他已经非常老了。

然后我和弟弟回去了。我们看见父亲在白土的迷雾和永恒的热气中安详地向我们挥手。

他才是寻山的人吧。

回去之后一切都改变了。我们休息了许多星期才完全康复，而沉默已经慢慢在我们之间弥漫着。

弟弟开始了他永恒的冥思。他说一句话，做一个手势或做着甚么的时候，会忽然停下来，失神地望着前方，深深思索起来。他变得害怕黑夜和声音。也不肯轻易走到园子去。然而我知道他仍在怀念着那许多无星的寂静的晚上。那许多美丽奇异而他无法参与的故事的晚上。我看见他把一束红草撒在枕旁，他现在也只肯喝豆汤了。

我现在好像感到甚么也没有关系。我不能随他们去，我也没有懊悔。我在等待我的机会。只是我感到深深的怀念，他们正在追求新的秩序。我不想活在回忆中，然而现在我确是感到一切都不相干。屋子太大了，物件与物件间全失去了联系。我整天在屋子里，飘飘浮浮的，在门与门之间走来走去。我对园子也开始害怕了。它越长越大，植物都带着一种野兽的活力横攀。窗外一棵胡桃树的树丫已经伸到窗里来，它仍会继续生长，占去整所屋子。我在静夜的时候常常听到剥裂的声音，是生长的声音吧。窗左边的墙壁已经有一条裂缝了，黄昏的时候，当太阳斜下来，光线便会从裂缝中射进屋子，在地上做成一线彩色的亮光。地上各处也有了小小的隆起了，是根钻进屋子下面吧。

我不想记忆。但却仿佛处处都遇见他山中的世界，真实地侵入在我生活中。那天我看见一列蓝蚁横过厅子的地板，在墙脚一个小洞里钻出去。它们爬过的地方留下了许多粉末的碎屑，而地板上、墙脚上的洞也逐渐多了。它们会吃去整所屋子吗？

我不知道。终有一天我也会离去。

一九七五年

# 木

雨淅淅地落下来。山野间显得更白更迷糊了。

我开始有点懊恼。是她弄错了么？可能他只是个普通的诗人吧了。我该认识他多一点才来。我踏进丛林的时候便已经有点不安。这是一个杂木林，横伸的坚硬的红绒木枝桠差不多遮去了通路，而他的屋子却在丛林的末端，我不错是有点畏途了。这是新冬的天气，在这漏不进太阳的浓荫的深谷里，我透过薄衣感到十一月雾湿的风吹。然后我到了丛林的尽头。

他的屋子看来是一所草草建就的木屋，四壁和屋顶是并排的不大粗壮的树干，树身仍长着青苔和槲寄生。屋前是一块只有杂草和树桩的空地，土壤差不多是淡黄色。走近屋旁的时候我发觉屋子并没有门，只有窄窄的一道进口，里面隐约传来一下下沙嘎的声音，柔和而肯定地在风里散播。我不敢贸贸然走进去，便在门旁耽了好一会。屋内好像没有窗，看进去晦暗暗的，只叫人觉得深邃。我喊了他的名字，一面轻轻敲着木墙，喊了好一会都没有回声。我迟疑了一下，终于进去了。

屋子里甚么也没有。然后，在微光中，我看见他背着身站在屋中央锯一截树干，暗色的外衣差不多拖到脚踝。我再喊他的名字。他没有回答，仍是一下一下的锯着木，缓慢的随意的动作，像一种姿态而不像一种操作。然后他放下锯子，慢慢地用一根长木条撑起头上一扇很大的天窗。风随即吹进来，卷起地上的木屑。在发白飞扬的木屑中，我看见他缓缓回过头来。天窗的光像布幔一般散到他身上，在他周围泻开。然而那是多么衰老的荒芜的一张脸啊。我原以为他只有六十多岁，仍然有诗的生命，而现在我看到一个枯瘦的老人。

"我是杂志社的访员，可以跟你谈谈吗？"

他拿起锯子，一面按着放在两截树桩上的树干，轻轻地锯着。他的头顶全秃，差不多木黄色的头发从耳根和脑后丝丝垂到肩上，硬的微鬈的干瘪的发，随着沙嘎的锯木声轻轻颤动。他穿着一件宽阔的长大衣，古老的坚硬的衣肩从瘦小的颈旁伸出来，像旧电影里的衣服。

我走到他身旁再说：

"我可以跟你谈谈吗？"

我发觉他锯木的时候眼睛并不是看着木块，而是凝视着脚前大约两呎的地方，他的眼珠是一种奇怪的茶渍的颜色，也像茶渍一般泻开去，混在周围的白色里，差不多没有边界。嘴巴是没有了，因为掉光了牙齿，旁边的肌肉陷进去。黑色的线随着下陷的肌肉弯到里面，像铜版画里的阳光，嵌死的、空心的黑太阳。

"我听过别人念你的诗，很喜欢。"

我听到他的诗是很偶然的，却忘不了。那天刚好中秋，杂志社的朋友都聚到王的家里。我有点害怕这些集会。我孤独惯了，我跟他们的兴趣不一样，或者是我的笨拙，使我无法参与热烈的谈话。然而我却听到她念诗。

那时他们刚在取笑骆的恋爱，喧闹声中我却看见一只硕大的、茶褐色的蜻蜓从半开着的百叶帘缝中飞进屋子里来。那是一只很美丽的蜻蜓，身肢很长，差不多淡黄色。透明的翅膀上布满了深棕色的弯曲的脉络，低低地回旋了一圈，停在我身旁放着的茶杯垫子上，过一会又颠踬着掠过每个人头顶飞走了。它从哪里来的？它怎会穿过这许多尘埃和寒冷来到城市里？

他们仍在喧笑，仿佛谁也没有注意。然后我看到身旁深陷的摇椅里一个女孩子轻轻抬起头朝蜻蜓的方向看去，她头发柔和地垂到肩上，一只手按着摇椅的靠手。我的心隐隐跳动起来。我见过她的，她替杂志写了许多忧伤而美丽的小说，偶然碰到，也总是低下头轻轻走过。

然后她看到我。她咬着下唇静静笑起来，拨开垂到额前的头发，便又陷回椅子中去。我走前一步。他们仍在背后闹着。灯光显得是太灿亮了。

"你也看到吗？"我说。

"看到的。"她柔和地说，看我一眼又垂下眼睑。

"很美丽，是不是？很少茶褐色的。"

"是啊……"她把手肘搁在摇椅的扶手上，用手背支着脸颊，白色的桌灯在她的长围巾上照出了非常柔和的颜色，"你知道一首写蜻蜓的诗吗？'在梦与沉默之间，你带来水中的犹豫'。"

"甚么？"

"'……带来水中的犹豫'，仿佛便是写它的。"她轻轻地说。

"没听过，整首诗是怎样的？"

然后她轻轻念起来。她偏着头揉弄着盘到膝上来的围巾，一面慢慢的荡着摇椅，一晃一晃，旁边的桌灯照亮了她的脸，一会又让她坠进阴影里，在晃荡的灯光和她柔和的声音中，一切好像是不真实的。然后她抬起头羞怯地笑着。

"你喜欢吗？"

"噢，喜欢。我从没有听过别人这样写。"

"想不到你也喜欢。你自己的诗不是这样的。"她把掉下来的头发掠到耳后，看着地上的纸屑。

我感到有点热。

"是谁的诗呢？"

"是个奇怪的人哩。他几年前来到这里。姑母从前认识他，很喜欢他的诗。她说他出过两本很好的诗集，但也有许多年没有见到他了。"

"他现在住在哪里？"

"在离岛，我可以从姑母那里查到他的地址。如果你要，我过一两天找给你……但很难找到他的，几个朋友去过都见不着他，但你可以去试试，你也写诗，他也许愿意跟你谈谈……我也很想知道他的情况。只是，一个人，总害怕四处找。"她把围巾卷在手里，轻轻垂下了头。

我的心在剧烈的跳动着，是由于酷热吧。我感到有点渴，便伸手拿起桌上的冷水，慌忙间把茶杯垫子掉到她的脚旁。我连忙放下杯子，却看见她慢慢弯下身拾起来，围巾拖过地面。

"你的围巾脏了。"

"噢。"便再盈盈地笑起来。


"我可以看看你的诗集吗？"

然而这里可有甚么书呢？屋子差不多是空着的，就连床也没有，沿着墙边只堆着无数大大小小不同形状的木块：胖的、短的、半透明像纸一样薄的、裂成时钟模样的、中心穿了洞像轮子般的；还有许多长了苔，灰斑斑的挤在墙角，稀湿的，发出澹郁的气味。许多已经腐了，再成不了甚么，却也仍有木的条纹，他要这许多木块干甚么？他睡在上面的吧。

"听说你来这里好几年了，还有没有写诗？"

她说他出来之前许多年也已经没有写，那十多年里只发表了几篇评论文字。其他便不知道了，也没法问，他的沉默使我更无法说下去。是这个人么？或许只是名字相同吧。看着他木然地锯木的神情，我开始感到有点不安。他不是专注，也不像在思索。已经看到我吧，为甚么对我毫不理会？我的问题是最普通的，有甚么好回避呢？偶尔他也会抬起头，看着白色阳光中抖动的木屑，但他仍没有停下来，锈色的锯子一下一下的戳进微寒的空气中。

　　然后我离开了。

　　他是怎样的一个人呢？他使我困惑。他真的是写诗的吗？会不会是她弄错了？回来之后我捺不住约了她出来。但也只是想问问她。

　　等她的时候，我有一点紧张。我站在她屋子对面的灯柱旁，偶然车子经过带动我外衣的衣摆。许多事情我都不敢肯定，我是一个害怕孤独而又不能和人相处的男子。没有甚么会发生在我身上的。

　　"等了许久么？"她翩翩地走过来。

　　"也没许久。"

　　天刚下过雨，地上满是积水。黑森森的蓬起了团团的树影。她穿着米白色的方格裙子，围了一条米色棕色相间的长围巾。在这阴霾的日子里，仿佛一个清朗的微笑。

　　"我约你出来只想问问他的事情。"

　　"电话里不是说过了吗？"她微笑着轻轻地说。

　　"……"

　　"你真的去见过他了？"

　　"是的。"

　　我详细告诉她我们相见的情形。

　　"不会这样的吧。"她皱着眉好像不能相信地说。

"你觉得他是怎样子的？"

"我总觉得他不会这么衰老。诗是从姑母那里听来的，姑母出来之后住在我家，晚上睡不着的时候便念他的诗，我在隔邻的床，听着便记住了。她近来变了，很少说话，有时用手敲桌子，发出'蓬，蓬'的声音。我很害怕她。"

她张开手接着从树上掉下来的叶子。

"你懂念许多他的诗吗？"

"十多首吧，我念给你听，我很喜欢一首叫《瓶子》的。"

然后她在念了。风把她的头发吹到肩后，我看到她的额上柔和的线条，她的声音很轻，摇晃地飘过这渐凉的空气。

念完之后她抬起头说："你喜欢吗？他的诗很柔和、很甜美，是不是？总是充满爱和希望。姑母说她有一本白色木板封面的大簿子，全是他这许多年里没有收入诗集的诗，很珍贵。但他们开始攻击他的时候，有一个人拿了去，怎样也没法要回来。"

"他们攻击他甚么呢？"

"也不知道。姑母没有提起。她说话的时候不多。她只说他没写过情诗，永远一个人。"她慢慢踢着跟前一颗石子，一面把围巾团在手上从里面拢开，轻轻地说："你好像也没有写过情诗，是吗？"说着又让头发垂到脸上来。

一辆电单车呼呼地从我们后面飞驰过来，啸声拖得很长，然后像火焰一般熄灭了。我感到有点慌乱。

"噢，看车子！"

"不过，他有些诗我是不大明白的。但总觉得很纯，很甜美，喜欢就是了……你有很多诗，我也是不明白的，但也欢喜。"她折断了垂到脸上来的一柄叶子，轻轻在脸上揉着，偏着头看我，盈盈地笑起来。她不是一个时常快乐的女孩子，但太阳在照着，她脸上蒙着淡红色的亮光。我嗅到她身上树叶的清纯的香气。我听到她轻轻走路的绰缭。然而我相信许多事情只是一些轻淡的影子，只是我希望它发生吧了。我甩开掉到我眼前来的头发，深深吸了一口气走前一步。我一定不要胡思乱想才好。我想说点甚么，却一直找不到适当的话。然后她也没有说话了。我们默默地走着。我甚么也抓不着，甚么也没有发生。

"我到家了。"最后她说。

这以后许多天我都不能平静下来，为甚么她会喜欢他的诗？她是一个敏感的女孩子。从前见她的时候，她总是垂下头，轻轻地走路。想不到谈起他的诗时却竟有这样一种稚气的温柔。我许久没有遇到这样的女孩了。然而我是一个不能把握甚么的人，我没由来的担心。我已经隐隐觉得我会弄糟某些东西，但为甚么我总是想着这些？我对他的诗不是有新的兴趣吗？

然而，他究竟又是一个怎样的人？他真像她所说是一个甜美的诗人？那为甚么他会变成现在这样？中间这数十年他是怎样过的？我无法找到更多他的资料。熟悉的朋友没有一个认识他的名字，他的诗集更无法找寻。一个人为甚么会消失得这样快？他经历了甚么？诗集都到了哪里去？

我在杂志社的资料室翻阅二十多年来的《人民文学》合订

本，但甚么也找不到。

最后我知道了一所专供外国学者研究文史的机构，便托辞替一个刚来港的法国记者找寻中国近代文学的资料，借出几套文学杂志的菲林底片，准备借一个教授朋友的放大机仔细看。

但里面有关他的资料仍不多。他的诗一首也没有，只有几篇批评他的文章，主要是攻击他的诗过多意象，不够明朗，说他像"炼金术士"般在实验室里"熔炼文字"，用过份准确的语言"建立玄思的迷宫"，而在一般人逐渐走向明朗的时代，他正把群众引向"晦涩的墓穴"。另一篇却奇怪地批评他的写法过分"客观"，说他态度过分"冷峻"，描写部分纯是"白描"而无寓意，没有爱心，对广大群众缺乏关怀，没有社会意识。更有一篇说他的诗充满物质，"有拜物的倾向，崇尚工业文明，精于描写城市，却不是积极歌颂进步，也不瞻望未来，对人类缺乏信心"。

这些文字令我更迷乱了，一个人怎可以既是甜美又是冷峻；充满爱却又缺乏关怀，对事物存着希望而对人类没有信心呢？这些批评文字为甚么跟她的观点完全相反？他们是正谈着不同的人吗？

外边全是夜了，月亮看来有点肥胖而肮脏。不会是她错了吧。她的柔和的静默的脸，淡白的手映着树叶看漏过来的阳光。我感到有些东西在轻轻涌起，我想伸手抓住，却又不知去了那里。但为甚么我仍在想着这些？

我决定再探访他，如果他说话，那就一切都明白了，她也一定愿意知道。

走到门前的时候，我不禁迟疑了。太阳已经煌煌地照着，地上是一片眩目的黄色。我提着的资料好像更沉重。

屋内还是上次的样子，只是更昏暗。天窗阖上了，只剩四周从窗缝透进来的昏白的微光。恍惚的、隐约的、边界模糊了，像可能复原的伤口。门旁放着一株新裁下来的树干，仍横生着枝叶，牵绊地伸到墙角。

"又是我来了。"

我原也不期望他回答我，只是我开始有点难过了。我来干甚么？我根本无法知道他会不会说话。我怔怔地看着他。我发觉他脚上没有鞋子，暗白的木屑盖着，仿佛成了木的颜色。他的动作很轻，像在做着一件可珍惜的工作，害怕弄坏了便无法挽回。他拉尽了锯子，等待一会，再轻轻推下去，推拉之间他让手肘在空中划着一个一个奢侈的弧。偶然木吃着锯子，他便停下来，来回抹着锯旁竖出来的小木枝，再拉上来。我忽然想到他的眼睛，那不像茶渍，像木，褐黄的木屑散到四周。

"我可以再跟你谈谈吗？我上次来过了……也是这样的时候……我是杂志社派来的……"他仍没有注意我。

"我只想你回答几个简单的问题……我听过你的诗，很喜欢。现在为甚么不写了？……还是继续写没有发表？……你的诗很甜美，为甚么有些批评说你冷峻和晦涩？……来这里以前你最后发表的诗是在甚么时候？……你独自住在这里？……你

锯这许多木是为了甚么？……你停一停可以吗？……啊，没有
关系，你不停也没有关系……"

　　我听到屋子里全是我的声音。风穿过外面的树丛，我的喉
间感到呛咳的刺痒，我抓起旁边的枯木枝在手里转着。粗糙的
树皮擦痛了我的皮肤。

　　"你可以回答我的问题吗？……我也写诗……我只想知道
你对诗有甚么看法……'蜻蜓'我便很喜欢……真的喜欢……
你说说话好吗？……我会明白的……我也写诗……写得不好，
却一直在写……你说吧，我会了解的……我真的是写诗的……
我没有欺骗你……一切我都会明白的……你说话啊……我没有
欺骗你，你相信我啊……我真的写诗……真的啊……我念我的
诗给你听好么？……"我全身在冒着汗，牙齿间仿佛有酸液流
出来。我的肺里有强烈的窒息的感觉。

　　然后我听到一个声音在念着一首诗，苦涩的颤抖的声音散
播在冷冽肮脏的阴影里。我忽然感到恐惧，是我的声音吗？

　　风开始从山窝的地方刮进来了，遥远的风声，穿过红绒木
丛、巨石和黄色土地来到这里。卷起的木屑和尘埃弥漫了整间
屋子，一切在朦胧中动荡。微弱的阳光穿过云从屋顶的木块缝
隙间漏下来，在他身上投下了丝丝肮脏虚浮的线，他看来更不
像活的人了。我的愤怒突然升上来。我用手大力刮着身旁横切
的树桩，松浮的木给我划出了一条条白色的条纹，看来肿大而
呆笨。他可是甚么诗人呢？疯子吧了，在错误的时间和空间做
着荒谬的工作，给挫折耗尽了，只剩下习惯。我还巴巴的赶来

干甚么？他跟我又有甚么关系？我要我的诗感动他，而他仍在低着头，以一下一下的锯木声划出自己的时间。他是活在另一个世界里，没有记忆、没有感情和阴影，没有人也没有自己，我还给他念甚么诗？

回来之后我一直不愿跟人说话。可能我一向没有给予别人任何东西，甚至也一直没有察觉这个。我已经不能像从前一般丢弃自己的生命。或许我能够给予的也已经不多了。当我们年青的时候，我们那么笨，那么浪费和闲不住，我们不能想象任何事情会走到终点。而现在终点还没有到，我们便抓住任何东西都不肯放过了。但为甚么我尽在想着这些。我在屋子里已经耽了许多天。外面只传来电视片集的一段对话或几声狗吠，慢慢地，稳定地成一个完美的弧形升起又结束，悲哀地停止了。有时我想我听见一架飞机飞过，然后一切又归于寂静。

借来的多卷菲林，我都没再碰，放大机上搁满了旧报纸。许多已有了渍印，还要找甚么呢？他根本不是诗人。

然而，朋友从远地寄来的一个包裹，却把这一切都又改变了。

我为了写一篇涉及唐代宫廷舞蹈的小说，曾托朋友在那边的图书馆找一些旧的论文，那里资料总是比较多，比较齐全。那天早上我刚从房子里出来的时候，邮差就派来一个小包裹，那时太阳刚洒满了窗前的书桌，我坐在晒暖了的桌玻璃前，打开封纸，那是一叠大小深浅不一的影印本，从不同的期刊书报取来。我迎着阳光胡乱翻着。然后，在一篇名为《青怨：群舞》最后一页的空白上，我发现了他的一首诗。

那是一首关于树的诗。各种各样的树。毁坏的树。枯败的，破裂中看见风的疮疤；在大地上沉下去的；雷殛的、折损的，伸出焦黑的指头；在海浪里轮辘，不成形状的；荒弃的季节中毁损的；失持的，硫磺的颜色中歪倒在大地的身旁。而在这一切背后，在石灰、沙砾、火焰和盐背后，是"木的坚实的气味，生长的木的芳香，穿过夜的喜悦和季节的颜色"，来到他的房间，他指间感到了粗糙的抚触和木刺的疼痛，而木的条纹继续回旋下去，"萦绕在一切狙击，衰败，破灭和死亡的洼穴上方，达向河流的歌唱"。

太阳已经满满洒在我的脸上。空气里隐约有一种冬日的香气，在这朦胧的十二月早晨，远山成了云雾淡黄的颜色。我隐隐感到一种温暖蔓延我的全身，多么熟悉而遥远的感觉，曾经莫名地消失了，现在又随着迷濛的冬雾来到我的心里。这便是他操作的原因吗？我想起他俯下身锯木的姿势，缓慢的，柔和的，让木块在指间破裂，脂香充塞着狭隘的空间，仿佛一种暗示，一种坚持，如他诗中所说。然而他曾遇到甚么事情，甚么使他变成现在这样子？

我连忙写信请朋友设法尽快找寻有关他的资料，一面继续在借来的菲林底片里查看，可是以后许多年的杂志里都没有他的消息。

我开始有点害怕，这么便消失了么？然而，在六七年十月的一期我却看到一段他公开道歉的启事，承认他在一篇诗论里的几点错误。启事很短，错误没有指出来。在六九年一篇署名金方写的批评里，我找到这样一句有关他的话："他本可以利用这几年的时间好好反省，但是很不幸，他没有巩固自己的进步，反而走了回头路，并且越走越远……"他那几年发生过甚么事吗？是为了甚么的原因？

我花了三天时间不分日夜一气看完了那许多卷菲林，但他的名字却没有再出现了。他没有再写诗了么？

我立刻把知道的一切告诉她，希望从她姑母那里得到一点帮助。然而她的姑母却无法再说话了。甜美的诗也再不能冲淡这许多累积的过去。她只能记忆那时的生活，重叠的日子，在关闭的屋子里听着"蓬"的声音一下一下穿过冷冽的街道。死亡的暗哑的声音。车子载去了累累的尸体。

他也是忆着过去么？他已经非常老，他可以支持多久？我是有一点气馁了，一个人为甚么只可以在这样狭窄的范围内认识别一个人？而人与人之间的关系又为甚么这样脆弱？

在电话里我已经有一点不安。我滔滔说着我的发现，然后我感到那边传来的寒冷。我到达餐室的时候她已经在了，她穿着灰蓝色的毛衣，倚在身旁棕色浮雕的墙壁上。缓慢地拌着杯子里的饮料，头发仍然垂在脸上，仍然是柔和的宁谧的脸，然而太阳都留在外边了。我又从头说了一遍事情的经过。她静静听着，偶然抬起头，然后又继续拨弄已经冷却许久的咖啡。说到姑母的时候，她用手支着头，淡淡说着，仿佛已经是许久以前的事。我头上的抽气机发出嗡嗡的声音，我抖擞起精神。

"他的诗真是好！"

我急忙从口袋里掏出抄好了的诗递给她。她看了好久，然后放到桌上，轻轻的说：

"很好，但有些地方我不大明白。"

我想把我的想法告诉她，但看到她淡然的脸，却又语塞起来。她正注视着柱子上的海报。

"啊，你想看德国木偶吗？"

"也不是……这天气真冷。"

我们离开的时候下起雨来。

我感到沮丧，两个人在时间的错失中落空了，无法在一起。可能这完全是我的责任，我把一切弄糟了。如今她再退回自己网里，我做甚么也无法挽回了。我是一个对爱感到无措的男子，相信只能在别处找到安心的地方了。然而他又可以给我甚么？他只会把我越弄越糊涂吧。为甚么每样事情到了一定的阶段便总僵在那里？

时间过去，甚么也没有发生，我继续等待着，过了好久，仍没有他们任何一方面的消息。一切都消失了吧，我的日子就在守候中过去。

然后，几个月后，我得到一本日记簿。

日记簿相当厚，本来属于一个翻版书商朋友的叔父，他不久之前去世，他的家人把所有的书籍文稿一并送给我的朋友。他把大部分藏书卖了，有几本他选了作书种翻印，文稿都扔到一旁。我刚好到他家里，偶然翻开日记，赫然看到有他的诗，便赶忙要了过来。

整本日记都抄着诗，除了他外还有许多其他的人，好好坏坏的新诗人都有。他的诗不多，但差不多有二十页全是他，这已经很好了。

我拿到之后，一口气连续看了许多遍。这已经是初夏的天气，澄明的天际里闪烁着几颗黎明的星宿，我仿佛嗅到了煮小麦的香气。屋后的停车场稀朗地晃动着树的影子，四周非常寂静，偶尔门外游荡的猫跑过弄响铁闸，然后又归平静。我心里有一种隐隐的不安的涌动，是因为她的原因吗？然而我仍感到快乐。

我看了一遍又一遍，然后我合上书本，静静地想他的诗。他的诗大致上可分作几组：一组写比较平凡细碎的事物和简单的感觉，写初升的太阳、写雨、写岩石、写李子、写秋天带着棕榈的颜色。另一组写街道、城市、屋宇和建筑。再另一组则纯是物件的诗。批评他的人都对，只是他们全都抓着他的一面生活态度，加上自己的影子或信仰，便当是他的全像了。我读他的诗不多，更不可能对他有更全面的了解，可是我感到他是喜欢简单的日常事物多于空泛的理念，他喜欢季节与盐、甜面包、咖啡、睡眠、空气、友谊和树木，看得见的，触抚到的。如果他有些诗是甜美的，我觉得那不是由于他只喜欢甜美的题材，而是他用了一种新鲜甜美的方式重新表现这平凡的世界，让我们看到沉闷的日常生活中，也可以充满甜美，最普通的物质里也有诗。

他的诗很少写自己，而多描绘外在的物象和事件，与两者的牵连，所以有人说他的诗是"客观诗"，他也很少写伤感的事物，很少直接呼喊口号，他描写的对象都经过刻意安排。然而在冷淡的外貌下，在物象和事件背后，我们感到了涓涓涌动的感情，他的温暖和对人的关怀。他有一首"窗"是写一个人坐在屋子里，然后听到窗外一个瞎眼的占卜者走过，笃笃的手杖响彻了空洞的静夜，全诗纯是描写，全没有任何煽情的字语。但透过纸窗我们感到了外面的黑暗与摸索，寒冷中的颤抖，一下一下算命的锣声敲出了人类的命运。

他写城市街道和物象的诗也不纯是白描。在各种形状、颜色、姿态下，我们看到了暗示。有一首写一辆巨大的红色油车停在一道石阶顶端的边缘，全诗有一种危殆的风雨欲来的气势，竟像是一个预言。他最后期的诗则多描写破烂的事物，壁上的罅裂、剥落的墙灰、被压碎了的瓦瓮、弃置的木头车、水泥地、破裂的铜扣的寒光、碎木和烂箩筐的粗糙；以及悬挂的东西：绳子、挂钩、木器、衣架、死鹿。我们感到一个死亡的威胁，却又有一种不肯就此隐退的坚持。

而这就解释一切了。

我看完的时候已经六时多。我赶忙摇电话给她，还没有起床吧，也不要紧了。她一定会高兴听到他的消息，那便一切都不同了。

铃声响了许久，然后听到她朦胧的声音。真的把她吵醒了，我连忙告诉她我的发现，然后赶到她屋子对面的小公园里等她。

公园里仍是清凉的阴影，一张旧报纸被风吹到草坪的中央又翻过来。黄灯下我看见草尖上露水微弱的闪光。

然后她慢慢地走过来，四周都是雾，朦胧中她显得更恍惚了。我让她在长椅上坐下来，然后把日记交给她。她沉默地接过了，脸上有一种晨早的悲哀。她把本子搁在膝上，看看封面，然后翻到我用纸条夹着的地方，仔细地每首读着，不时翻到前面重看一遍。她垂下头，头发盖到脸上，我这里只看到她的前额和鼻子柔和的侧线，风轻轻吹着，黄灯下我感到了一种朦胧的温柔。然后她合上书，抬起头。

"怎样呢？"我说。

她偏着头有点迷惘的样子。公园里的灯开始灭了，太阳仍没有出来，风把她额前的头发吹到后面，她是多么苍白啊。

"有几首我是很喜欢的，像《墙灰》和《石》，我觉得很好。许多却是不怎样喜欢了。为甚么写这许多碎裂、毁坏了的东西？我害怕一切残旧和破烂，仿佛开始了便无法不继续，一直沉下去了。"她的头垂得更低了，我看见她轻轻地，非常柔和地擦着脚下的沙地。

"不是这样吧。"我低声地说。

然后沉默降下来。沉重地、稳定地，像一面灰色的网盖到我们头上。太阳渐渐出来了。我却感到绝望，如今她是完全的退去了，她出来的时候我因为犹豫或恐惧没法抓着，现在我连我们之间唯一的联系也失去了。她对他已经失去兴趣，她会

觉得我们之间再没有共通的地方，跟我也没有甚么可谈了。我
也是逐渐下沉的人，我可以拿甚么给她呢？她是只有自己的沉
默了。

然后她站起来。

天仍是霾暗。我说要送她，她在背后轻轻挥着手，便继续
在沉默中隐没在暗雾里。偶然汽车驶过，灯光照亮了她一会，
然后一切又归于阴影。

我感到深深的寒冷，一切就这样消失了么？我是一个无法
把握感情的人，我不懂处理一切的事情。

回家之后，我一直把自己关在房间里。沮丧中我重读了许
多遍他的诗，现在我只剩下他了。但我也能够像他一样在孤独
中升起，越过那许多丧失、破灭而继续生长吗？太阳已经照进
来，桌玻璃上有日晒的温暖。在风中我嗅到从远处传来的树香。
一切都是可能的吧。我决定再去看他，他如今是我唯一的慰
藉了。


来到他屋外已是十时多了，日曝的树丛在阳光中闪烁着白
色的亮光。他的屋子在夏日早晨的氤氲中仿佛美丽了许多，他
的背也没有那么佝偻了。我叫了他的名字，然后坐在墙脚的一
叠木块上。整间屋子弥漫着新伐的木香，我以前怎么没有注意
呢？门旁好像多了些长型的木条，青色的叶子凌乱地铺在上面，
他的天窗还是关着的。我走过把它打开了，强烈的夏日阳光蓦
地降下来，惊起了屋里的尘埃，急促在空中翻飞。

　　然后我开始念我的诗，在木屑和阳光中，我仿佛平静了许多。我不再顾忌；没有甚么恐惧，没有哀伤，也没有甚么企图了。我缓慢地、平稳地念，从最早期的短诗开始。我不是一个很好的诗人，也写过许多坏诗，但我要他知道我的一切，所有的犹豫和恐惧、笨拙的错失和快乐，与及新近的悲痛。我也是木讷的人，便只有诗了。他会了解我的，我不需要他有甚么反应，但我知道他在听着。他真的在听？也不要紧了。我听着那沙嘎的锯声，盈脸是新木的清香，我感到强烈的阳光和心里的悸动，袅袅的夏日烟雾徐徐上升，飘过他宽阔的衣袍，在他脸上散开；风吹动了地上的新叶，虫声响了，仿佛我们也成为夏日。

　　然后天慢慢暗下来。

　　以后许多个星期天我都在这里度过，我给他念所有我喜欢的诗，说出我喜欢的原因，可能是一些记忆、一些想象、一些可能的意义，我从没说过这许多，可能将来也不会，只是我感到前所没有的自然。

　　有时我们沉默着，我们听到风从红绒木丛那里吹来，笔直窜向屋后不远处延展多里的河滩，有时便也只有兀自的锯木声和我们的呼吸响在无风的秋日。有时夕阳从天窗上降下来，我们在暮秋的荡漾的红光里看木屑飞扬，有时天空没有云，有时我们看见飘鸟在远方鸣叫。而在这些宁谧沉郁的下午，我仿佛感到一切我曾经因为害怕或犹豫而失去、因为能力不逮而无法获得的东西都得到了补偿。

而在这许多日子里，他仍然沉默着。风雨从窄门中进来又去了，他仍然在独自响彻的锯木声中低下头。然而在一切沉默与习惯中我却察觉到某些微细的转变。

在晴朗的日子，当太阳不再猛烈，他会抬起头看着天窗，然后轻轻地，非常微弱地晃荡起来，好一会才停止。风吹过，把他的头发卷向肩后，他的脸在泻下来的冷冽的阳光中透出了淡淡的金棕色亮光。

许多时候，当我念着他一首关于破街的诗，我看见他俯下来挪出锯子，竖在锯着的树干上轻轻摇着，看它微弱地震动，一面低声嘘着气，像和唱的歌声，待我念完了，才又静静继续工作。

他不再只吃黏着树干的叶块，到外面伐树的时间也长了。当风雨从天窗上漏下来，我发觉他开始避到墙角。

这许多继续的暧昧的暗示，不明显，甚至也可能没有多大意义，然而我却禁不住感到了一点震动，我写了一首长诗。

那是一首关于他的诗，他的丧失，他对木的迷惑，他的坚持与姿态，他的沉默，他的绝望与衰老，以及慢慢的开启。

我写了许久，连续地写，拿去给他念的时候已经非常疲乏了。我坐在地上倚着一截横放的大树桩静静念着。太阳渐渐高了，我感到了一种柔软而暖和的流动。很奇怪，他一直出神地听着，腋下挟着一块刚锯好的木块，轻轻偏着头，任风把茶褐色的长发盖到脸上。屋外偶然传来树枝下坠的微弱的声音，空气里有竹花的清香，我轻轻呼吸着。然后看见他慢慢抬起头深深的看着我。无限的木棕色的眼睛。我胸中感到微微的震动。这是他许久以来第一次看我。太阳撒下来在他的头发边缘、衣服边缘镀上了一线四散的淡金色的日光。映着仍是阴暗的背景，他仿佛更不真实了。我轻轻咬着下唇，看着他极缓慢地、柔和地坐下来。太阳更是高了，从天窗射进来散到我们的四周，把我们团团围在发白的飞扬的光里。

然后，我看到他缓缓把锯子递过来。

空气中仍是尘埃的影子，我突然感到一阵强烈的风从外面刮到屋子里，我深深的颤抖起来，我嗅到风中强烈的木的腥气和阴影里的霉湿，翻卷的木屑充塞满了我的呼吸，我想翻起我的衣领，我感到冷流穿过我的四肢，太阳仍然照着，我听到了我身体寒冷凝结的声音，我僵住了。

一九七五年

# 海

你知道　他总是这个季节来的　在四月　草都开了花　像黄色的风从脚旁飘过　我家那时还在岛上　跟海隔着一个长长的石滩你可以在石隙间看见螃蟹的脚　我是很爱那里的　夏天的时候　石块会发出强烈的湿土气味　我那时才十岁　顶爱爬树哩　你看　我手上的疤痕就是那时留下来的　那岛不算肥沃　但也有许多香蕉树　初夏的时候结着一串串青色的蕉　像古怪的绿灯笼　早晨家里没有人的时候　我便在口袋里放一把盐　爬到树顶上吃香蕉　苦涩的液汁随着盐的咸味凉凉的流到嘴里　像冰块　麻掉了舌头

我说到哪里呢　对了　他总是在这季节来的　我有一点害怕他我不是说他凶恶　他其实是非常好看的　但他从不说话　他来的时候总是在窗外看了我们好一会才慢慢推门进来　这时我就不敢动了　我看山的时候也是不敢动的　但我却觉得他像海　他的衣服暗蓝色　很淡　也像海　但你知道么　这里的海　不常常是蓝绿色的冬日傍晚的时候它像黄麻石　有时它又是淡紫色的　仿佛僵冷的

手　有时雾来　又看不见了

　　但他总是雾散了才来　你看　四月才多雾哩　他每次来都给我们带一袋子泥造的动物　许多牛　一些鹿　鸟　石龙子　飞鱼　他把它们一件一件的放到桌子上　然后就离开了　各种各类的鸟兽　白色的　泥色的　许多叫不出名字　但它们都张开了腿　仿佛奔跑着的样子　鸟更在飞　有时是一团一团好像飘起来的泥块　母亲说那是风和海　她说起它们的时候　那样子总是非常美丽的　我只觉得它们有一种树脂的香气　仿佛随着雾气散开来

　　母亲很喜欢这些动物　每次他离开后她都跑到桌旁　把它们逐件揣在怀里　柔和地抚摸着　然后小心地放到她用木枝做的架子上　但他在屋里的时候她却从不看他　总是垂下头微笑地把玩着身旁的东西　一根树枝　水杯　我的衣服　父亲也跟平时有点不一样　他会锁起眉站在墙角看着这一切　然后把自己关在房间里许久　他们都是不多话的人　他来过之后的几天里更是沉默了　母亲会整天坐在桌旁剥豌豆　很多很多的豌豆　许多天也吃不完的　那时她脸上往往有一种奇异地温柔的神色　不时轻轻地笑着　有时她又会跑到伸往海洋的石路上看着对岸　父亲仿佛吸烟多了　他会倚着墙沉默地看着她许久　然后静静回到山后的丛林里坐一天

　　那些日子里　我发觉母亲晚上总是跑来吻我　轻轻地摸着我的头发　就像他摸我的样子　他的手很大　有点冷　他的眼睛是棕

黑色的　很亮　像鸦胆子的果　你知道鸦胆子吗　它的枝干上长着
很浓密的黄色细毛　叶边有很粗的锯齿　初夏的时候叶子和枝干
中间会长出一丛丛淡紫色的花朵　像紫色的梯级攀上天空

　　连续几年的四月　他都到我们家来　然后有一年开始他再没
有来了　母亲在他不再出现后的第三年也带着所有的动物失踪了
父亲说她回到她从前的家　哪里呢　我不知道　我许多东西是不明
白的　但父亲越发不肯多话　他只有一次说起他们两人许久以前
是认识的　之后就整天站在伸往对岸的石路上张望　潮水涨起来
淹没他的脚　他仍在看　然后我们就搬家了　你知道　我是舍不得
那岛的　那岛有一种鸟叫鸫　会倒转身子爬树的　它住在很小很小
的洞子里　才六时长　挺美哩　我把它带了出来　但在新的家里　它
听到水的声音便冲出我的口袋飞掉了

　　你知道　鸟和梦是捺不住的　而四月还没有过哩

一九七六年四月

# 蝙蝠

　　我第一次看见蝙蝠是在十岁的时候。我跟母亲回乡探访寡居的姑母。姑母跟女儿独自住在一所近山的屋子里。屋子很大、很黑，只有窄窄的几只窗子，四面都是树，白天也只隐约分辨出东西的轮廓。第一天躺在陌生的床上是很害怕的。我的房间是在楼上，月光从横窗里透进来，也带来了幢幢的树影。风吹过，它们就在我的身上晃动。那时是炎夏的天气，但在这寂静的黑夜里仍有凉意。加上从后面吹来的山风，和四周奇怪的声音，我更是心里发毛了。我用手按着墙壁，好像这样比较安全，但仍然无法入睡。我看见从邻房屋顶伸过来嵌进墙里的木梁的圆切面，像墙上的装饰，这屋子也真的很旧了，墙上许多剥落，剩下红色的砖块，破口的地方更像一只只潜伏的野兽，我用竹枕护在胸前，感到更加害怕。就在这时我听到了一声极其尖锐的沙哑的叫声。

　　我赶忙跳起床，那像一个女子带哭的呼喊，不太恐怖，却是绝望苍凉的。我跑到隔邻母亲的房间，却看到她仍安详地睡在姑母身旁。我回房再细心倾听，声音却又静止了。

翌日跟母亲她们谈起这件事，她们都说听不到。但表姊说这附近的山上有一个蝙蝠洞，那可能便是蝙蝠的叫声。表姊是一个很美丽的女孩子，说话时总爱用手卷着辫子的末梢。她说春夏的时候它们开始活跃，夜里甚至会闯进别人的屋子里。

果然，我当夜就看见它了。我整夜都没睡，吃过晚饭以后便回房间，希望能够等到它。我从前只知道它是倒挂着睡觉的，样子可没真正看过，但既然它的声音像人，想也不致会太难看吧。我是在二时左右看见它的。我守在横窗旁看着前面完全隐蔽在黑影里的山。我仍感到有点冷，有点害怕，却又非常兴奋。我等了许久，然后我听到天窗那里有轻微的声音，我赶忙跳上床，回头时看见它从天窗上飞下来。

它差不多是鼠黑色的，腹部的毛比较浅一点，样子很像兔子，耳朵却非常大。它的翅膀宽阔地从旁边张开，甚至伸展到尾巴下面去，看来像一张晾在风里的黑色毡子。

它在房子里盘旋了一圈之后，便从横窗飞出去。掠过我脸前的时候我害怕得连褥子也咬破了。它的样子算不上很凶，但却仿佛是不可测度的。这夜它并没有叫。

第二天大清早我便抓着表姊问蝙蝠的事。她正在擦头发，柔软的黑色头发披到肩上去。我嗅到了一种芳香的气味。她说这里的蝙蝠有时也吃果子的，但还是喜欢蚊。白天它们全躲在洞里睡觉，她说她不敢进去，但在附近的山洞里也常常可以看见它们飞进来，尤其是在每年秋末它们准备交配的季节，雌雄的蝙蝠便会一起离开，飞到没有其他蝙蝠的山洞。她说它们交配的时候会发出芬芳的麝香味，之后便会搬到附近的树洞里独自居住。但它们咬人么？我说下一次我一定跟她到山洞里，远远瞧瞧也是好的。然而她听了却大力捏了我一把，说："不准跟着来。"然后咬着嘴唇把头别开了。在初升的阳光中，我看见她的脸发出了淡淡的红光。

表姊真是很奇怪的，许多次我看见她向着对山的建筑地盘笑，有时地盘的人朝这个方向走来，她便会踮起脚仔细看，一会又呶呶嘴若无其事地坐下。有时她会拿着胸前的坠子瞧了又瞧。我凑过去的时候却总是给她一把推开。晚上更是找不到她，每天吃过饭不久，她总是把自己关起来。她的房间在楼下后门旁边，和我们隔很远，我们都不知道她在做甚么。姑母说她最近喜欢早睡，但好几次我到厨房喝水的时候，却听到房里有说话的声音，翌日我问起她，她总是说我神经病，然后偏着头，飞快地跑开了。

然而，她怎样也是一个非常美丽的女孩子。而我便在这里度过了我的整个暑假。白天我到山上偷鸟蛋，捉甲虫和大蚁，有时到河里游泳，这里的甲虫很多，我已经捉了三十多种，最大的一种有三只手指那么阔。我最喜欢一只黑色的，很小，上面洒着许多红色、黄色、藏青色的小点，像黑土地上颜色的雨。我把它放在一只戳了气洞的透明小胶盒里，用绵绳穿起挂到颈子上，有空便把它拿出来放到手上爬，那痒痒的感觉也真像雨滴流下来。鸟蛋也是有趣的。我把它们涂上许多图案，放在一只木碟上，有时我看见小鸟穿过那许多颜色战抖着爬出来，但过不了一两天它们总是死掉了。

晚上我总是守在窗旁等蝙蝠。有时候等不及便睡过去，有时在梦中听见声音便又坐起来。来的通常都是那一只，它的尾巴有一撮灰白的毛。进来之后它喜欢绕几个圈子，有时我会把果子放在当眼的地方，它用口拾起便在空中吃起来。

我也到蝙蝠洞看过，但在洞口看见那许多一团团倒挂在洞壁的毛茸茸的黑色，便又吓得什么似的跑开了。而且它们也不全像兔子。我有时在河边的岩石上看见刚生产的雌蝙蝠挂着，小蝙蝠便钩在母亲的肚子上吃乳。有时它会衔着小蝙蝠的尾巴飞。看见这情景，我总是躲开，免得吓着它们。这时我却又不怕了。

表姊也还是老样子。有时她会亲热地搂着我，跟我到河边看虾，唱许多歌。有时却又一把推开我，独自看着对山未建好的学校发呆。她每天清早都在太阳下擦头发，发丝便在风里飘着。有时她说要到村里面去，便整天不见了影子。回来时却又愉快得像我的甲虫，脸上红红的发出芬芳的气味。

然而，后来我却觉得她越来越憔悴，话也少了，也不肯再跟我到山上去。她会半天坐在窗前看着大树的枝干，一动也不动，脸上带着灰苍的颜色。这时她看来像干裂的鸟蛋。晚上，她更早回到房间去。有时深夜我听见她房里有碰撞的声音，待我下楼敲门时却又静止了。姑母她们以为她病了，都没有骚扰她，也没有察觉许多事情。但她越来越瘦了。

后来，有一天深夜，我听见后门给人用力的打开。我害怕有什么事发生，便赶到楼下去，却看到表姊站在打开的门前，看着一个向树丛跑去的男子的影子发呆，月色下我看见她手里拿着一块破布，嘴里仿佛有血流下来。然后，我听到那长长的、尖锐却又沙哑的，蝙蝠似的哀号。她的身体随着叫声弯下去。我静静的回到房里。

翌日，她失踪了。

没几天，我也回到城里上课。表姊一直没有再出现。姑母不久去世，我再也没有她的消息。而在城市的夜里，我除了汽车声以外便什么也听不到了。

一九七六年

# 马大和玛利亚

咬我的原来不是蚊子，是一头青色的小虫。它很小，绿色的尘埃一般飘到我手上来。起初我以为是叶子的碎屑，然后我感到了那轻轻的啮咬。

是盛夏吧，它们总在向晚的时候飞来。这几天雨过之后仿佛来得更密了。这些小小的飞虫，淡紫色的、黄色的、薄棕色的，有些发出烟草的气味，透明的翅膀像裙裾扬起，朴朴飞翔一会就停下来；有些非常瘦，枝梗一般嵌在墙缘。它们从林里来，穿过枝桠和风，留连在傍晚的灯火里，想也必是受梦的困扰吧，像孩子和鸟。但为甚么会来到这昏暗的厨间呢？

我站起来把木橱关好。风来时它们总是关不牢的。刚洗好的石灶上隐约现出抹布擦过的细细的湿纹。外面的声音仿佛静下去了，只偶尔传来他轻轻的说话和玛利亚的笑声。我也在这里许久了。不知甚么时候开始我喜欢待在这小小的厨间。空闲的时候，他们谈话的时候，我便来了。是它厚重的墙壁令我安心，还是石灶石盘抚在手里坚实的感觉呢？晚阳的亮光从板窗外稀薄地漏进来，照亮了壁架上一叠叠整齐的木碗和匙、瓦盘、竹碟和木杓。门旁是一只新削好的瓜壶，沉重地挂在门栓上。它盛了水就会有一种仿如夏夜的清香。我是越来越喜欢这些沉重粗糙的器具了：木造的、竹瓦造的、石和藤蔓造的。我把它们握在手里，感到它们的重量和温暖，看见它们交缠错乱的纹理。当它们擦着我的皮肤，我感到微微的刺痛，嗅到轻淡的清香。它们环绕在我伸手可及的地方。

　　但事情怎样开始呢？我是这么笨拙。只是夜仿佛低了，更多的虫子飞进来。我隐约听到他们唤我。"马大，马大。"是酒缺了吧。酒窖里藏的也不多了。明天我得好好采一点葡萄。我提着酒壶轻轻走出去。他们谈话的时候，我害怕打扰他们。廊子很静，很黑，我仿佛听到鸟拍翼的声音。

　　他如常坐在藤桌旁说话，柔和地举起手又放下来。鱼油灯的亮光不住在他脸上晃动。在火焰冉冉上升的热雾中，他显得更不真实了。但他对我甚么时候又是真实呢？谈话的时候么？朝远方沉思的时候么？给群众簇拥在欢呼声中走过的时候么？他只是一个遥远而美丽的幻象罢了，深邃、捉摸不住、随时会因为甚么力量消失。但在玛利亚心中是真实的么？可能是她能够了解他吧。我只看见他亮丽的头发柔和地从两旁垂下来，宽阔的前额显得智慧而倔强。但竟日的奔波之后他毕竟瘦了，深邃的暗色的眼睛变得更明显，它们随着他的说话显得坚定、忧悒、或是平静，但也因为旅程的疲乏而禁不住憔悴起来。他的手搁在麻色的衣服上，只偶尔轻轻举起来，过一会又垂下。夜真的很深了吧。

小弟也一定困了，他不住揉着眼睛，但仍在怔怔地听。病后他便一直追随他了。但他也太瘦了，要给他多采一点野蜜才行。只是这里总是不多，明天还是跑到南山那边找找。他也明白他吗？明白的吧。玛利亚也明白的吧。她是美丽的，她会了解一切。她坐在他的脚畔，仰着脸看他说每一句话，她的发都垂到他膝上了。过一会他就会让她给他的手擦上香膏。

其他人都在地上睡倒了。明天晚上他们会再来。我要准备更多的橄榄和鱼了。他们也有当渔夫的，但也不好叫他们帮忙，用驴车拖回来便行了；横竖网已修好，只是明天要早一点起来。但他也困吗？他会彻夜谈话么？他的床我已经准备好了。但要不要打扰他，问他这些实际的问题？夏夜是清凉的。我给他添的袍子放在床缘上。

我现在该怎办呢？我把酒注在他杯子里，他端起来喝一口又继续说话。他总看不见我。我该留下来么？他正说着地窖里灯的故事。奇怪的美丽的话。许多夏天的夜晚是我不了解的。起初是没时间思索。然后便害怕了。还是回去吧。我昨天采了几枚乌桕的果子，是木质的朔果，很坚硬，握在手里可以叫人安睡。我轻轻放下酒壶，把小弟抱起来，他在他脚旁睡了，手里还握着他一角衣袍。他随着他们日夕奔波，也显著地瘦了。后天市集的时候要多买点肉给他们好好喝一点肉汤才行。他们在外边饿了就掏禾穗吃。只有她在他的光芒下益发像菌子一般盛放了。

　　我再走过黑暗的走廊，两边石灰墙上隐约现出斑驳的裂痕。雨水渗进来，它们染上赭红的颜色。在昏暗的光线下，它们像红色的蛛网攀满整所屋子。甚么时候闲下来也要给它们上一点灰了。我感到有点凉意。夜来时寒冷便降下来。我慢慢走着。末端是厨间厚重的炊具和器皿。我是甚么时候开始喜欢它们的？我真的困了。但我不能睡。我要把谷粒分开来，毛瓜要去皮，那许多面饼我还没有做。明天的麦粥够不够？晚上不知道多少人会来？葵叶汤他们会喜欢吗？豆子放了这许久有没有腐烂？黄栗相信用光了？我是不能睡的。他说："马大，马大，你为许多的事思虑烦扰。"我是容易忧虑的。要做的事情太多了。我曾唤玛利亚帮助我。那时她跟大家一起听他说话。我在厨间给他们弄晚餐。麦缺了，肉也不够。但他说："玛利亚已经选择了那上好的福分。"她便坐着。是我不要选择它么？我不要听他说话么？只是他们永远那么疲乏，那么饥饿，那么容易受到伤害。他们都是智慧的。他们有更重要的事情要做。

　　我亮起鱼油灯，虫子仿佛少了。都回去了吧，它们也无法了解亮光。我坐下来，从藤筐里拿出木荚豆，慢慢地剥。有些木荚已经爆开来，向两边蜷曲，成了蛇舌的模样，它们可以用来生很好的火，但很快就会燃尽。它的豆不能吃，明天我把它撒到泥土里，没多久就会长出美丽的树，而它是不死的。我让它们各自做了自己的事情。但我真的非常困了，我可以支持多久呢？我握着藤筐的边缘，细小的藤枝轻轻地刺痛我。这厨间一切都是实在的。

　　窗外的天空很黑。明天可能会晴朗。我要不要跟他们到山上走一趟呢？如果我尝试，我或许会明白。但谁来放羊呢？鱼、葡萄、橄榄和蜜怎么办？梁子也要修一修。明早还是砍一棵鱼木树吧。

一九七六年

# 猎人

他来的时候给我们看一个盛鹿牙的杯子、一只木杓、一条人头形状的九芎树根和一个刻着蛇的盒子。

父亲便让他留下来。

外面是二月高高的丛林的墙和寒冷。他带着芜乱的玉蜀黍的骨架和森林的渴望前来。烟雾从他的口里升起，飘散在凝固的空气里。我记得那烟雾，我记得他。他是空中的雕像，寂静和事件穿过他像穿过季节和雨。他教会了我生命和呼吸、等待和大地的秩序、声音、树的呼喊，还有萎谢和死亡。

我还不能描绘他。我只能描绘一些零碎的缓慢的变化。我不知道事情的始末。我不知道他怎样来到这峡谷的中央。那里只是山和森林巨大的阴影。我听见了那沉重的敲门声，在风中仿佛巨大的鸟的扑动。他站在寒冷的季节像一个丛林。我看见雪尘埃般从空中降下，抖散，再积拢在柔软的地面。他把榆树的嫩枝给我，叶子上脆薄的冰块晶莹地碎裂在我的手里。

我第一次感到了一种透明的疼痛。

父亲让他坐在火炉旁。他把革袍脱下。我嗅到了他身上强烈的金属的气味，在燃烧的楠木的香气里，仿佛锈蚀的箭矢。他的脸孔和皮肤有一种亮丽的蓝绿的光，像辽阔的山脊。我不知道是寒冷还是冒烟的炉火，黄昏里他带来了旷野。

我坐在角落的凳子上，看他把手伸往奔窜的火焰，灰色的烟扑扑升上歪斜的烟突。父亲放下木雕，微笑接着他沉默地递过来的酒壶喝下去，酒的香气穿过木块的浓烟和稀薄的空气弥漫了整所屋子，那是一种异常强悍的酒，带着荒野的气味。父亲不常喝它，我们不需要那种勇气和希望，只是父亲仿佛愉快起来了。父亲不是常常笑的，也不常常说话，他只在雕刻的时候才会跟我说起麋鹿和蛇，他的手拿着小刀仿佛在木上轻轻拂拭，扫去遥远的尘埃，轻轻的来复的慰抚，好像害怕惊吓匿藏的生命。我不知道是在喝酒的时候还是后来他给父亲看他的鹿牙和杓。我只记得他拿着白色的根在头上敲，一下一下，像树旁觅食的鸟。

"他们会把它们全部毁掉。"

他的声音不像普通的声音。父亲说我们血液里有哀伤，才有哭泣的声音。他的血液里一定有雨和丛林了。

"他们从那边过来。"

这时外面已暗淡下来了。最后的亮光和烟在冬日的树丫间逐渐退去。他用脚拨弄着掉下来的燃烧的木块，闪烁的火焰反映在窗子的下方，像一个留恋的太阳，颠踬着停在黑暗的山谷。我看见他拿出箭矢和符号。然后父亲唤我睡了。我从凳子上跳下来。脚悬空了这许久有点麻木了。我要站许久才能走动。我支着凳子看着他们。父亲打开藤橱让他看里面巨大的木鸟。他们在沉默中谈话。我感到温暖从我的胸侧升起像延展的夜。

我握着清香的榆树的嫩枝睡去了。

然后我开始思想森林。以往我从来没有踏进过森林。我只可以在它的边缘走动。我见过胡鼠和鹿走到它前面稀疏的树丛，也看见过蛇，像青亮的光游走，不一刻又回到那古老巨大的阴影。但我不能进去。我只可以坐在矮丛中感到害怕。稀疏的矮丛背后便是它高而浓密的墙和黑暗，像笔直翻起的山脊，差不多没有光。有时我望进去也只看见重叠的深浅不一的暗灰色的影子。有时光的斑点从摆动的枝桠漏下来，飘浮在起伏的地面。有时我听见叫声，事情在模糊的空间发生。有时它只是那么巨大而不可捉摸。父亲说森林是开向那边的门。你听到声音和歌，进去之后便不能回来了。父亲有长长的白色的手，说话像夏天的亮光。他说九月刺梨树开花，河流会从山里生长。果然雨水淹去了我们的屋子。水带着硫磺的气味从山上滚下，冲去了门和牲口。我们环抱雕着蛇人和麦的梁子看着咆哮的水涌到谷间。然后我们迁到这环绕着矮丛的平原来。父亲在平原上种玉米和芋，森林的网在我们背后梦一般展开了。

那是奇怪的寂静的生活。日间我背着我的藤盒子四处游荡，盒子里有一块人形的石、小火刀、一管割下来的衣袖、几根打满结的绳子、各种甲虫的壳。我用藤做轻便的武器，爬到树上打果子，也打经过的鸟兽。父亲默默在田里工作，回来时才轻轻拍拍我的头，也不说一句话。父亲看见他开始拿木藤做猎具时只是静静的挪开桌上的木壶，把空间让出来。猎具多了父亲也是沉默地腾空了橱柜让他占去地方。甚至当我说要跟他到森林去的时候，父亲也没有做声。父亲在河里踩着水轮。水淹了他的脚背又让它流亮地露出水面。在太阳下我嗅到他身上甜美的玉米的香气。他听了我的说话便停下工作，俯下来静静看着我。我听到草丛里有田蛙的声音。水淙淙越过榆木的轮子流到下面的岔口。他轻轻提起我的手。他的袖子上仍黏着种籽的芒刺。他看来憔悴，他已经非常老了。他看着我手上的脉络再看看远方的树群。我听到他沉重的呼吸的声音。他的手在太阳下仍有一点冷，他把胸前的革袋除下，挂在我的脖子上。袋子里面是毛茛花的种子。风雨的晚上它们会发出稻麦的芳香让思念的人安睡。他看着天空，然后俯身下来吻了我的脸颊九下，让我记得他和过去的岁月。他要我当心月亮和豹，因为它们不让人们记忆。他说我要回来的时候，把革袋里的种籽撒在地下，森林便会打开它的门。他再握着我的手一会便让我去了。他的衣袍在风里飘摆像张开的穗田。母亲离去的时候，也是这样的。当她不能在屋子里住下去，当她说森林是一个巨大的呼唤，父亲也是甚么也没说，就默默地陪她走到森林的边缘，看她走进里面，消失了。

　　我这便开始进入森林生活。

　　我记得启程那一天，我们在矮树丛睡了一夜，黎明的时候便醒转过来。夜的声音响起，不一会又沉寂下去。天上只有微弱的光，穿过横伸的枝桠漏下来，流散在稀疏的叶子上像游荡的星。他把蓝绿色的粉末擦在我们的四肢和脸颊上，好让蛇和夜狼害怕。他的脸在暗色里显得凝重。我甚至看不见他的眼睛。他跪下来，从腰间抽出小刀在腿侧轻轻割下去。血流出来，他把它擦在我们的前额和刀子上，然后把一撮米燃亮，撒在空中，便进入森林。闪烁的火花在空气中眨动了一会便又没入雾蓝的曙色里。

我很难想象森林的模样，我是田野的孩童。我知道红薯和芋。森林总好像是一个清晨的梦。现在，我感到寒冷从叶子上渗下来。风响起在仿佛布满翅翼的空中。我踏在柔软的地上，潮湿的、松陷的土地让我踩出小小的洼穴，水和枯叶慢慢流进去荡漾在风的阴影里。太阳可能完全亮了，茂密的枝叶透下细碎的光，仿佛让天升高起来。森林原来也不是漆黑的，只是潮湿和寒冷。有时冉冉的水气上升，回旋在隐约的光里像寻找的手。我慢慢随着他跨过石块和下掉的枯枝，我有点害怕。垂下的藤蔓拂在脸上像庞大的蛇。他没有回头看我，他背着弓矢和矛，默默跑过树群的缝隙。他的手很大，臂的脉络流布。我记得他的手，有时他会停下来拍拍挖空的树干。有时他只是指着地上腐烂的木块让我看深深的爪痕。他的手有强烈的树的气味。

我们在森林中央一个小丘的洞穴里居住下来。这里的树比较稀疏。四周是起伏的土脊和石。木苔和长满黄草的白泥在太阳下有点透明。石块都有一种燃烧的红色。再过去和远方的两侧便又再是茂密的原始林了。我们的洞穴很小。壁上有奇怪的柔软的纹像网，一线一线的带着颜色。他把松枝燃起扔进洞里让动物出来。洞里扑扑的水气和松枝的气味涌起在仍有点清冷的空中。火熄灭后我们便进洞里。

我们没有门。夜里他环绕洞口在每隔一只手掌阔的地方燃起一撮熊草。淡紫色的烟袅袅升起，夜的天空从柱间漏下来。睡在芳香的干草间我听见远处河流汩汩的声音。

然后我们不停的走路。他说狩猎是后来的事。于是我开始认识土地、这林里的河流、树和坟起的土脊、洞穴和泥沼。我知道白色的石块是蛇吐出来柔软的蛋壳。我知道泡沫雨、树瘤和疯草。我慢慢懂得空中浮泛的气味和辨别脚印，风会从红色的夜里起来。我们穿过缠络的长草和藤。他不让我惊吓匿藏的野兽，我便学会了森林的谦逊和静穆。

有时我们没有走路。我们留在洞穴里观看石和烟雾飘浮，有时云从宽阔的林木升起。我们在寂静中聆听。我知道他要我们完全弃身在这无边的旷野。

是一个无风的下午，我目睹了死亡和挣扎。我们在白木林穿过。他捡起一块掉下的树皮，告诉我浣熊便在不远的地方。我转过头张看。就在这时我看见一条胳膊般粗壮的蟒蛇，它在吞比它大两倍的鬣蜥。蛇张大了口，慢慢滑过鬣蜥的头，它口里白色柔软的内膜翻露出来，给鬣蜥头上的疙瘩和刺压得处处低陷下去。鬣蜥给蛇身缠蜷得不能动弹，只有尾巴仍得在空中不停的鞭拨。枯叶和干枝给拂扬起来落在它们的身上。这时鬣蜥的头和半个身体已经在蛇的口里了。但它仍在挣扎。它在蛇喘一口气休息的时候把后脚霍地拔出来，拼命向后踩。蛇再把它吞下去，但下一口气时又是一样。这样重复了好几次，它不断挣扎，但终于蛇还是把它吃光了。然而在蛇腹里它仍在不住突突的标窜，好像一颗顽大的心脏，好一会才静下来。蛇轻轻的盘蜷着。隔着空气我感到了那最后的扑动。太阳刺亮，一只山鸟搧搧飞过。在森林的静穆中，蛇缓缓的伸展着疲倦的身体，森黑的皮肤闪着赫赫的阳光。我们悄悄走开了。我不能明白，但我觉得这是美丽的。

我开始第一次狩猎时已经差不多是春天了。他从洞穴里拿出矛和弓箭。这许久我们都是徒手走进森林，小刀也没有。我们只吃野果。他不让我弄出很大的声音，也不让我踩过低陷的洼穴，他说那是大地的疮疤。我们只是观看和记忆。这一天他把矛和弓箭插在地上，燃起一撮楠叶让红色的火焰环绕我们的身体，然后跪下来用小刀划破胸膛。他挖开泥土把血和仍然燃烧的火焰埋在泥土里，再穿过烟雾向旷野呼喊，然后带着我离开了。汩汩的回声在四面向我们盖过来往旁边流泻，我们朝着响声在花朵和火蛇腐烂的气味中投向开敞的森林。

我不晓得那是怎样的绿色，只是天气好像酷热起来了。冉冉的雾气游动。我们在朦胧的枝叶间穿过，背上已经有一点汗了。因此我们在巨茄冬旁看见这偌大的属于寒冷的凶猛的犁牛起先是有一点惊奇的。它的腿很短，松松的陷在雨后的泥里。四肢外侧的长毛浓密的垂下，披盖着白色的身躯，它不在它山上的崖壁而在这里干甚么？这里也没有雪了。它是属于寒带的。

天气严寒的时候它到这里来。它是沿着南面的小山路来的吧，来了多久呢？现在冬天已经过去了，它还留恋甚么？它的胳膊隆起，头因为疲乏或酷热而沉重地垂下。嘴角的黏液延绵的流到地面。眼睛在浓密的鬐毛下差不多看不见了。它一定是这样子站了许久，也仍会这样继续站下去。远处有轻轻的鸟的哨声。然后一只栗色的兔子跑过。我听见他轻轻的呼吸。他静静拾起一块石子。他说动物静止的时候是不能杀的。它们的生命不在那里。他慢慢把石子举起，喊了一声便掷过去。牛吃痛后仰天嗥叫，跟着便跑起来。它有一个人那么高，十呎长，很胖，跑起来却是非常敏捷的。它的长毛在奔跑中飘扬起来像白色的翅膀。我看见他追上去。我第一次看见他跑。阳光中他跃过空气、矮树和石块，有时我看不见他的脸，他的长发和系着小刀的绳子在身后颠颤着飞翔过去。强烈的阳光下他显得很高，不断从地面升起又再沉下。我不晓得可以这样跑。犁牛有点惊慌，它惶乱地在树的空隙间穿过，差不多没有方向。它的角和身体划过树干和短枝，擦擦的发出下雨的声音。潮湿的黑土给踢溅起来，枝叶和它白色的身体都染上了斑斑的泥渍，天空没有云。森林里只有急促的追逐的声音。

　　这时他已经跃到它的身后，它白色的长毛仍在奔跑中拨荡，沉下又迅速翻升。突然他跳上了一块石上，一把抓着它的尾巴跃到它的背上去，它惊愕了一会便立刻蹦跃起来，不断地抖动，它把后腿尽量踢高，希望把他摔倒下来。好几次他滑到地上，但又立刻跃起，抓着长毛再攀在它的背上，跳跃时它的头低低的垂下，在鬃毛中差不多看不见了。他紧紧挟着它的两侧随着它的身体升降。突然它静止下来，呆呆的立在一块石的背后。他立刻抽出长刀朝它的颈节插下去。刀子起落时锋口的亮光划过杂乱的草丛，仿佛下坠的星。它吃痛后立刻吼叫起来举起前腿，然后发狂的向前冲过去。它的头伸前，在狂乱中仿佛甚么也看不到。它跃过横枝和岩石，不断朝空中跳动，没命的撞向周围的树。灰棕的树干折断、歪倒下来。它的角挑起了黑土和石块。林子里尽是崩裂的声音。泥巴、断枝和碎石扬起，像风中飞舞的花叶。他仍紧紧的用手箍着牛的脖子和颈际的长毛。他的头俯得很低；在疯狂的跳撞中，他像谷衣般在空中飘扬起来，坠在牛的两侧，再砸在背上，然后又弹起飞放在空中。他的手一定很累了，但他的脸闪着亮光。空气中飘飞着丝丝的细长的白毛，柔软地降下又再升起。我的手和脸全是汗，心霍霍的跳着，但在太阳下却仍感到非常的寒冷。牛还在狂奔，跳过岩石后又再折回，撞向岩壁。它的牙龇噬着，眼睛发白。然后，一切都静止下来了，扬起的尘埃徐徐降下。牛仰起头呆定的立着。四周没有声音。我看见它慢慢提起前腿用后脚直立起来，一动也不动，它的头仰起看着在正午显得接近的天空，宽大的胸部轻轻的起伏着。风吹过，它白色的长毛飘起，像寂静里逃窜的烟。他仍然箍着它的头子，悬挂在它的身后，然后它塌下来了，巨大的白色的树，带着尘埃和仿佛火焰的亮光。

他从牛腹下缓缓爬出来，身上黏着白色柔软的毛仿佛新生的皮肤。我看见它仍在轻轻的战栗着，地面的小树枝在它双脚的探索中抖动。然后它静息下来了。血从伤口中柔和的流出。他把刀子抽出来,轻轻刺入它的咽喉,他使血流到泥土里,好让它以后可以回到森林。隔着潮湿的空气,我感到那温暖的流动的血。他轻轻拍拍它的眉心让它知道,然后把血擦在我们的额上。他拿起刀子在腹侧割下肉,拿下角,埋好它的四肢便离开了。遥远的绿色丛中,它白色的软毛像红河上白色的花。

我没有感到难过。我随着他慢慢走回洞穴。他把角挂在腰侧。行走的时候,它们发出碰撞的声音像火焰里剥裂的竹枝。他一直没有说话,也不显得疲倦,阳光在他蓝亮的手足上流过又隐没入葱郁的阴影里。路旁的树长着黄色、白色的菌。我心里有一种奇怪的跳动,我经历了血和死亡,而我不感到哀伤。一切显得这样美丽和必需。而他在动作中赫赫的闪耀着,像强烈的白色的光。

回来后他把角悬在洞口,风起的时候它们随着影子轻轻的摆荡像离别的手。他默默拔下牛腹上的毛,生火把肉烤熟便放进革袋里。他让火烧得更高,然后站起来把白色的毛撒下。浓白的烟升起散逸在午阳下参差的树顶。慢慢烟熄灭了,他把灰烬埋在洞外第一棵树下,在土地上敲了三声告诉大地,然后跑到他的石子上坐下来。那是一块奇怪的青色的石,草菇一般从地上长出来在空中撒开,它的柄子上有奇怪的兽形的纹。他默默坐在石顶上,在风中朝遥远的白色举起他的手,然后再轻轻放下等待夜的下降。

狩猎后他通常是沉默的。白天我们在叶子和阴影中找寻猎物。黄昏的时候他回到石上。我用小石和枯枝射花栗鼠和兔。我还不会那样子跑，有时他会把我抛高，让我学习跳跃和扑击，有时他也会跟我谈及森林，但大多时候他都在独自聆听。沉默的时候他像树，他只有在追捕和搏斗中才以另外的生命活着。他有一种动物的矫捷，力量从他身上出来像爆裂的河道，沾湿了接触的事物，但我仍是害怕。他只狩捕凶猛的野兽，他说它们有许多生命，只在它们愿意的时候它们才会死去，血流到地下之后它们会有树的形态，然后叶子诞下它们的婴孩。我还不能明白森林的生长，只是我知道它们拒绝死亡的时候，他会受到伤害。

这便是旷野的试验吧。但我仍不能完全适应，我害怕夜狼和豹。狮子只会遥远看你，但扑过来的花豹是可怕的。他说越凶猛的野兽越害怕死亡，它们会给自己最后的机会。但猎豹是不容易的，把普通的野兽放在石上，狮子便会围拢过来，但花豹只喜欢狒狒和羚羊。它吃饱猎物后会把尸骸挂到树枝上猎狗和其他动物搜不到的地方，然后在附近睡觉看守着。但放饵是困难的。我们把饵放在豹喝水时可以嗅到但秃鹰飞不到的地方，但它还会察觉我们的气味，我们曾经守候四天，豹四天都来了，但它在旁边嗅了嗅便又隐没在草丛里。

用羚羊会容易一点，豹喜欢它的肉，只是他不用羚羊做饵。他说它们没有让大地害怕。狒狒是在南面的猴子林里猎的，我们都不喜欢那儿。林里有一种浓重的恶臭的气味。猴子都带一点蓝色，遥远看它们在树丛里跳跃像溅起的蓝土。我们走近的时候它们会有谄媚的姿态。我们在树后用石块打它们，它们倒下之后我们用绳子套拉过来便离去。它们有时也会在后面哗叫，但它们不会袭击过来，它们很少离开林子。

一头豹通常每次只吃去四分之一的狒狒，大的会多一点。我们遇到最大的一头豹差不多有十呎。我们在树下等候胡狼，刚抬起头便看见它在不远的荆棘丛旁悠悠走过，它的毛很短，亮光在黑色的斑点上晃动，周围也显得斑驳了。我们刚要站起，它便又没入后面的草丛中去。那是很美丽的一头豹。胸腹上有一种奇异的金色，它漠然地慢慢走着仿佛有植物的骄傲，它甚至没有向四周张望。

我们到猴子林猎了一头大狒狒，把它挂在刚才的地方。那是一个小峡谷的裂口，入口处是长满荆棘的树丛，豹经过裂口到河边喝水时一定会看见它的。第二天我们在河中浸了身体便在附近伏着。狒狒的左腿已经吃光了，尸骸被拖到树上，放在和以前不同的位置。地上有一个很大的清晰的爪印。花豹为了看守饵，一定躲在附近的。我们潜前一点，跪在长满荆棘的树根上穿过长草窥看。果然花豹就在树下，他轻轻举起弓箭，但它已经惊觉地站起来跑开了，周围只留下暗黄的颜色。我们等候了一会便离去，第二天我们很早便来了，我们等了许久。四只鬣狗伸着楔子般的头穿过草丛跑到树下。几只橙色的鹦鹉朝小河那边吧嗒地飞翔过去。花豹仍没有出来，一群羚羊吃着嫩草走过来又去了。然后气氛忽然紧张起来，鬣狗偷偷地消失了，鸟的叫声也渐渐停止，花豹要来了。他屏着气息，轻轻地拉着弦，四周甚至没有风。然后花豹终于出现了，它竖着耳朵，小心翼翼地走向树旁，一面盯着猎物。它的腰很窄，从胸膛优雅地延向后腿，肩膊在行走中柔和地起伏。他仍用一只脚跪在地上。四周很静，太阳默默的照耀着，然后弦松了，我听见风的声音穿过空气，箭矢飞跃出去霍地戳进了它的胸膛，血在空中溅开像突然的花朵。豹翻了一个筋斗倒下去了，猛烈的在地上翻滚，碎石和泥土霍霍扬起。箭的末端在翻腾中折断了，飞掷出来陷入泥里。它的爪在空中扒抓。我握着身旁的石块紧紧的躲在树后。我感到脖子僵硬，汗涔涔流下我的脸。受伤的豹会给整个森林带来死亡的。他静静拔出刀子，但突然豹却安静下来，若无其事地从地上翻起，优雅地跑向草丛。它用另外的生命活下去了。看见它快要隐没在矮丛中，他高啸一声从树后跃出来站着，豹听见声音，立刻旋身向他扑过去。它的尾巴翘起，截断的箭杆从胸膛竖出来像另外的肢体。它没有叫，但低沉的隆隆的声音不绝从张大的喉间泻出来充满了整个森林。他仍然站着没有动，但在豹快要扑下来的当儿，他突然冲前跪下，举起刀子霍地朝上插下去。豹轰地掉下来，吼叫着在地上猛烈地盘滚着，这次它真的发怒了。它狂噪着蓦地翻起跃向空中朝他直扑下来。他已经没有刀子了，急忙中他拾起地上一截树干朝它张大的咽喉刺下去。豹吃痛倒在地上，它想摔开树干再扑过来，但牙齿都箝进木里去了。它猛地把由口里伸出来的半截树干在地上敲，希望把树干甩出来，但牙齿只陷得更深了。它直立起来，发狠地抓着旁边的树把口里的枝干往树身上擂着。黑

色的树皮抖着落下来掉到它的身上。然后树慢慢静息了，它再
向他扑过来，他没有躲避。没有嘴巴的豹是不用害怕的。他们
扭缠在带刺的草丛中，但它已经没有多大气力了。他旋即翻起
来把它按在地上，他用手按着它的前爪。把膝盖向它的胸腹压
下去。我听见碎裂的声音。豹努力挣扎起来，后脚剧烈地在空
中拨抓。他们扭缠了许久，不断在长草中翻滚，他撑开它的四
肢，不让它们接触身体，不住用膝盖压着它的胸膛。风慢慢起
来了，林里开始有树的阴影。我放下手里的石块走向他们。树
林里逐渐响起了其他的声音，太阳也亮了。我看见它慢慢静息
下来，一动也不动的躺着。他看着它静默的肢体，慢慢站起来，
风从叶缝中穿过，吹动它身上的树影像拂抚的手。然后它默默
立起，抖动着美丽的短毛，安详地没入草丛中。

　　我们慢慢地在后面跟着。地上没有很多血，但我们听见它
行走的声音。我们跟了它许多天，它不住地走，甚至没有站到
阴影的地方。树干仍在它的口里，它衔着它像衔着夜里的婴孩。
它穿过小河和山脊，只偶然在树上擦擦额上的软毛。它骄傲地
走着像摇摆的森林。第五天我们离开了。他说口里有一棵树的
豹是不能杀的。我们抓起一撮泥土向它的影子轻轻撒过去。

　　回到山洞我们把种籽拿出来。狩猎后我们会把焚烧的兽毛
埋在树下，让它们从土地生长，我们给活着逃去的播一颗种
籽。我渐渐认识了这森林和它的规则，我的生命随着高耸的泥
脊，和突然弯曲的山径展开。冬天，我们躲在洞穴里，感到寒
冷、雨和泥泞降下。我们吃埋藏的蜜糖和肉。有时白羚沿树丛

走过。我们穿过火焰看雪从洞边掉下来，有时烟雾消散，冰覆盖了仍温的柴枝。我们嗅到了寒冷的气味。我不能准确描述旷野的冬天，它是一种奇异的白色，它穿过我们紧闭的眼睑到达心里。广大的寂静向遥远扩展。有时颜色在朦胧的树顶流泻，像行走的烟雾，我们从指缝看旋转的云带着傍晚的亮光散下、升起，然后黑夜覆盖。他仍然沉默。他是树和石块。在他的寂静和呼跃中我接受了旷野的法律和裁判、血的温暖、速度和死亡。夏天，我们在清晨走路，他不让我碰盘蜷的石块，它们有隐蔽的手会拉着我们不让离去。有时我们走过红土的秃山。有时雨落下来，像倾斜的草叶四散。有时天空有树的闪电。他让我抚摸泥土，他说雷鸣是大地的呛咳。我们向白色的大鸟俯首，它们飞向大地而溺死海里，它们在沉重的飞翔中揭起夜空的风雨。而我们在每夜树息的时候入睡。我们把血注入大地的洼穴，让野兽远离梦和海洋。傍晚的时候他拿枝桠鞭打石块，把迷途的野兽赶回洞穴。我们喝树的液汁。他把九芎的根在空中焚烧，好让树能在烟雾中生长。我们只吃野兽的胸腹，那是它们不愿看见的地方，他会把它们的四肢藏好，让它们随意从大地跃起。有时他会倒下。昏迷的时候他躺在白色的荒地让风和大地治愈。我还不能明白他，他有很大的美丽的手，夜里我会起来在星下看他，他的眼睑垂下像静息的小小的翅膀。有时他在夜空下亮起树枝坐在石上，风穿过流动的火焰，我看见他的脸和飘扬的头发。他的眼睛有夜的闪烁。我已学会奔跑。有时他会把我举起迎在风里，他的胳臂像初夏的夜的枝桠。他有强烈的树根的气味。

　　我在血和树的潮汐中进入了旷野的仪式，然后那一天来了。

　　我不知道事情是怎样开始的，只是森林仿佛扰攘起来了。我听见它们的叫声，鸟群划过天空飞向北面的秃山。有时远处有黑烟升起，动物在林中奔窜，不一会又埋藏在泥色的浓雾里。我感到沙砾在微微战栗，大地仿佛有陌生的骚动。花栗鼠从地穴里出来，爬到树梢，又沿着伸展的枝桠逃去。更多的胡鹿和兔在慌乱中撞死在树旁。我们隐约在空气中嗅到硫磺的气味。然后森林寂静下来了，偶然一只麋鹿停下，一会又忽地逃向远处的阴影。地上有一些红蚁的残骸，叶子的茎那么小，它们在逃走的行列中因害怕或是疲乏僵住了。我们拿起猎具朝野兽奔来的地方走去。空气显得稠密，低低的压着飘扬的尘土。我们穿过仿佛凝固的树影，四周一点声响也没有。一只灰毛的松鼠偏趴在一根枯死的树干上，像一个树瘤。他背着弓慢慢越过石块和低陷的泥涧，弓上缠着的兽皮有点旧了，他拿着树枝在地上敲着，偶然伏到地上嗅嗅。他说大地震动的时候泥土会有燃烧的气味。经过榆树林，他拿刀割开每棵树的树皮，大水之前，它们该流下黄色的血。我们穿过寂静的白林，巨大的叶子飞扬像白色的鸽子，花瓣飘落在永远潮湿的土地上，仿佛急促的翅膀静静停下。

　　林里出奇的寂静，甚至麋鹿和鬣狗也没有，然后我们慢慢嗅到了轻微的烧焦的气味。风过来，我们手上有黑色的尘埃。

他拿脸贴着树干，他说仍听见树脉的声音，这该不是火了。有时天空降得很低，火会从太阳下来，焚烧去年的叶子。但林里的泥土仍是湿的，这一带的树很直、很高，到树顶才有叶子，仿佛忘记生长。它们的根在地面交缠，整个森林像一棵树的分枝。我们越深入森林，烧焦的气味越浓，空气也越稠浊了。然后我们开始看见那些死去的野兽。

他们的身上插满了树的碎片，焦黑的参差的枝条从肢体竖起像肮脏的手。黑血在伤口旁流出来仿佛钉死的蜘蛛。有的陷进泥土里，看来好像还在挣扎。四周是焦黑的枝干和野兽分离的肢体。一个山鹿的头在缠叠的枝桠间好像移到树上生长，它的身体压在不远的树下，一条腿折断了，软软的翻到背后，我们都呆住了。我感到寒冷沉下，他吃力地提起手按着旁边的树，我听到他缓慢的沉重的呼吸的声音。我用手抓着他的衣袍，枝叶下一定还有别的野兽，我们屏着气再向前走，但林子里好像亮起来了。我感到汗涔涔的流下背梁。然后我发觉太阳强烈的照着眼睛，我们前面原来没有树了，宽阔的凶猛的太阳赫赫的照耀在我们前面延展多里的歪倒的枝干上。这许多凌乱的巨大的树的骨骼，有些在混乱中竖起，哑默地戟指着广阔的天空，它们的边缘烧得焦黑，嶙峋地环绕着中央的木像环绕一颗白色跳动的心。他仍然站着，怔怔地看着这毁败的森林，阳光下他像一个黑色的影子，我只看到他仿佛透明的头发和脸的侧影。他的手垂下，白色的透亮的手，在这坚硬的毁坏的树丛上像白色的烟雾在光的背面犹疑。

　　然后我们听见响声，隆隆的震裂的声音。树随着尘土和绿色的火焰塌下，黑烟和飞散的碎屑飘浮在白色的风里。我们惊吓得呆了。土地仍旧兀自震动。叶子撒在我们的脸上。他赶忙拔出刀子跳上重叠的树干观看。黑色的风拂过我们的衣袍，然后火焰在泥土下熄灭，浓密的黑烟慢慢散去了。我看见粗黑的男子在树脚周围挖浅浅的坑沟，把黑色的粉末放进去，他们在远处拿树枝点火，窄长的火焰环绕着树身燃烧像红色的环带，然后雷声和尘埃再起，树倒在硫磺和醋的气味里。

　　我们怔怔的站着。他的刀子掉到地上，刀尖削过横倒的枝干，溅起细碎的树皮掉在我的脚背像蚂蚁的噬咬。我感到晕眩。我倒坐在树干上看他屹立在尘土的雨和火焰背后，他呆定地瞪视着前面冒起的黑色。他的脸在间歇的响声和烟雾中浮现又隐没。太阳下我感到寒冷凝结在我的背上像冰块缓缓落下。

　　"他们从前用斧，叶子在根的伤口生长。"

　　现在地面留下黑色的洼穴，空洞的哑默的眼睛凝视着大地的灰烬像远古的饥饿。偶然树穴藏匿的动物随爆裂的声音飞射出来，肢体在空中散开，又沉重地落下在焦干的血泊和黑烟里。有的奔走出来在烟的呛咳中昏倒，再随着下一次爆裂死去。树不住倒下，翻起的尘土埋下奔窜的野兽。零碎的骸体散在焦黑的土地上，像新的创口。我以为它们全跑掉了，它们还是不肯离开森林。它们随着树的翻腾最后一次凝视这消失的旷野。

　　我在轻轻的打颤。风肆意地穿过这偌大的没有阻隔的空间蒙罩我们的脸。我感到他在风中沉重的呼吸。他的袖子翻起又软软垂下，像折断的翅膀。掉下的刀子在风的哆嗦中闪烁，亮光在他的脸上身上划出凌乱的刀痕。他的眉锁着，深黑的眼睛仍在最初的惊愕中张大。他没有动，太阳穿过他的身体，然后云层覆盖。他重新隐没在白日的黑影里。

　　渐渐声音平息下来了，尘土沉下，黑烟也慢慢散去。可能已经正午了。我看见他们挪开刚倒下的树干，腾出空地生起一个小小的火。一个黑脸的汉子站起来，他的一边口角有一条横伸的疤痕像一个永久的歪斜的微笑，他在地上拾起一只昏倒的白狐，拿着它的尾巴在头上旋转，一面向同伴跑过去。白狐在猛烈的甩荡中转醒过来，拼命的挣扎。白色的软毛不住掉下。他的同伴在火上架起短枝，一面递给他一柄刀子。他把刀子掷开，捉着白狐的后脚便往树桩上摔过去。血从爆裂的头颅飞溅出来落到他的脸上。他提起手用衣袖揩掉便开始拔毛。一丛丛白色的软毛花朵一般嵌在土地上。毛拔光了他便抓着后腿撕开，把内脏掏出来摔在树桩旁，然后把它穿好架在火上烤起来。白色的烟袅袅上升，隔着烟雾的空气，我感到那混凝着泥土的心仍在突突跳动。

　　我把头埋在衣服里。在熟肉的气味中我感到害怕。我的眼睛疼痛。我的前面全是白色的闪烁。然后我听见他轻轻的惊叫起来。

　　他们正在抛掷一个黄棕色的球，上面有黑色的斑点。他们把它抛高，待它掉下再把它踢进地上的洞穴里。他们不用手。球终于停下来，我看见它有一双深黑色的眼睛，口里含着一截树干。

我的心霍地跳起来，我抓着他的手。他发怔地坐在树干上。他紧闭着眼睛。眼睑沉重地垂下像突然的阴影。他透明得像水。他的汗流下来。他的眉心在紧皱之下现出微红的折痕。他呆定的弯起腿把头埋在膝间。他没有说话。汗开始湿透他的背。太阳下他棕色的衣袖显得坚硬，像拗折的枝干。风吹过树桩卷起细小的枝条拍在他的身上。云拢聚下来。在移动的阴影中，我看见他轻轻的晃荡着。

他们开始吃起来。他们笑骂着把肉往同伴的脸上擦，又把别人的头按在火堆里。木枝噼啪的跳动，偶尔黄色的火花闪进白天的亮光。脸上有疤痕的汉子开始揪着一个瘦子的发，瘦子拿火里的柴枝掷他。柴枝掉在地上燃起了周围散乱的枝叶。火慢慢蔓延开来。他们扯下瘦子的外衣踏在地上压熄火焰，一边踢开枝叶，把泥土撒下。

火熄灭了，我跟着听到远处呜呜的声音，黑烟从山后慢慢飘散过来。

"车子来啦。"

那是黑色的虾一般扣着环节的长长的车子。它沿着地上的铁杆慢慢走进这倒下的森林。人们开始迎上去。它隆隆的行走的声音充满这多风的白色的正午。太阳仍刺刺的照耀着。他忽然抬起头，他的嘴巴张大了，我从没有见过他感到这样害怕。

"这是最后的森林！"

他蓦地站起来喊它停下。他的脸在呼喊中发白，脉络在额上现出来。他扬起手，但车子仍沉重的驶过来。黑烟从烟突升起，笔直往后面奔窜，再散开在下午的空间。慌乱中他开始向车子奔过去。他要让树留下在这最后的丛林。他踩过歪倒的枝干迎着奔走的车子像迎着巨大的豹。车子到的时候他从枝干跃下抓着车旁的杆子，要把车攀停下来。他的发在车身旁扬起像黑枝上空气的须根，车仍在奔走，他吃力的攀着车的边缘呼号。他的声音被车声淹没了。然后旁边的风和车的速度把他摔倒在地上。

车子慢慢停下。工人喧叫着赶到他倒下的地方。我穿过他们挤在他的跟前。他躺在一截巨大的树干旁。他仍昏迷未醒，他的头发散在两截树干的中央像黑的藤蔓。他们伸手探他的鼻息，知道仍有呼吸便立刻向他斥喝。我伏下盖着他的身体，他们推我。他们揪起他的头发，把树枝戳他的皮肤让他转醒过来，但他仍然昏迷。他们骂了一会便把他掷到不碍着他们的地方。我箝伏在他身上不让他们碰他，他们把我提起抛到附近的石块上。我的肩膊疼痛欲裂，但他仍没有醒过来。他袍子的带子松脱了，露出宽阔的胸膛在太阳下缓缓的起伏着。

他们把树干一一扛到车上，然后便随着车子离开了。我提起他的肩膊开始慢慢把他拖回洞穴里。

他一直没有醒。他躺了三天。我在他周围燃起艾草，让强烈的气味进入他的呼吸。我给他喝九芎根的液汁。夜里我在他胸膛上擦紫茄的叶子。我没有睡。我拿着他的手看守着他的睡眠。有时他会吃下喂给他的熊奶和蜜。但许多时他只在阴影里颤抖。第七天我决定做一辆木头车。

我们避开太阳和强烈的光。我把叶子覆盖在他的身上。轮子扬起地面的尘埃，蓝色的烟雾升高再沉下葱郁的阴影。偶然河里发出呼呼的声音，多泥的黄浊的河流，灰色的阳光下差不多没有影子。我不感到疲乏，我只有一种奇怪的空洞的像饥饿的感觉。我不敢停下木车，他随着车子颠动，教我以为他仍活着。他甚至没有流汗。树投影在他透明的脸上像投影在碎石的河流。然后我看见太阳下那广阔的玉米田。

父亲正在田里浇水。穿过玉米影影绰绰的白色花丝，我看见他瘦小的身影蹲下复又起来。我没有做声，我已经高许多了，他会认得我吗？然而他终于向我奔走过来了，他已经非常老，奔跑的时候他的身体倾前，斜签在风里像摇摆的禾穗。他把我的头紧紧按在胸膛上，我嗅到甜美的玉米的香气，但他更瘦了，行走的时候，他有大地的沉思的神态，然后他看到他。

他轻轻走过去凝视着他的脸，那是一张丛林的脸。他轻轻拨开他眼前的发，用脸颊吻了他的前额三下，便把他推进屋子里。他抖去盖在他身上的树叶和短枝，给他换上柔软的衣袍，然后用小布揩去他身上酷热的痕迹。我替他脱去绳鞋，他让他睡在床上，拿白麻盖着他的肩膊，便不让我骚扰他。他带我到后面山上采药草，他没有问甚么，甚至没有要我说话，他只不时回过头看着我的脸，拉着我的手领我越过坟起的土丘和洼穴。在他的七月仍有点寒冷的手里，我嗅到盛夏强烈的生长的芳香。他捣碎草药涂在他的胸膛上，然后让他喝辛辣的汤。黄昏时他醒转过来。

　　但他也不是真的醒过来。父亲在揉他的颈背，一面把黏着木碗底的草药敲在桌上，突然他张开眼睛，仿佛听见甚么，坐直身体。第二天他摸索着，害怕地走到门边，把耳朵贴到门上，他的手在发抖。他在那里站了一会，突然回过身来，蜷缩在墙角，再也不肯站起。父亲走过去轻轻提起他的手，我摇着他的肩膊，但他茫然的看着我们，父亲只得在远处看守着。

　　他一直没有做声，也没有动，只在喂他吃玉米粥和红薯的时候让父亲揩去额上的汗。白天他伏在门后倾听，有甚么声音响起来他便又退回墙角，抱着膝害怕地看着前面不远的空间。晚上他不肯回到床上，他把头夹在膝间睡，双手箍着头顶。他睡得不安稳，常常惊醒。醒了便害怕地朝黑暗窥望，然后拿木柴在墙边生火。火焰发出必剥的声音，他淌着汗，有点惊异地看着火焰上抖动的透明的烟，他的脸在恍惚的火焰前发出淡淡的柔和的红光，像更灿烂的云层背后一个迟疑的太阳。

　　早晨我们在浓烟和呛咳中醒来，这时他才睡去。睡着时他流白色的思念的泪。父亲悄悄把它揩去。父亲灭去柴火，在他上面的屋顶开小小的窗子，让浓烟离开他微弱的呼吸。他小心绕过他，不惊吓他的睡眠，但他看着他的时候脸上显得沉重了。

　　然后他开始走到外边去，他坐在门前隔着矮树丛看云层下拢聚的阴影。他没有走进林子。他在矮丛躺下，用手支着头征视着林间隐约闪动的光。他在长满木耳的落木背后蹲伏好久，贴着地面聆听每一个声音，然后好像察觉到甚么叫唤似的在空中跃起，突然跑前去。他穿过峡谷和干涸的水道、屋后叠起的柴堆、土坑和泥畦，然后倒在门前一动也不动。逐渐的他再不肯回屋子里。父亲默默的守着他，拿手温暖他的脸，把洗好的革袍披在他身上，我替他的额擦上树脂，但他仍然看不见我们。最后父亲给他在门外架起一个枝叶的洞穴让他躲避风雨。

白天他吃玉米粥和果子，傍晚的时候他坐在洞穴里。有时他会在月升的时候呼叫，断续的孤独的声音像月的灰烬散播在寂静的空中，父亲会起来整夜握着他的手让他安睡。我静静看着。但慢慢的他不再发出声音，也不再奔跑。他整天盘坐在门前，一动也不动，呆呆的怔视着显得遥远的森林，汗涔涔的流下。他的眼睛在思念中更是疲乏了。他再不肯坐在草洞里，他让太阳和风雨和悠长的追忆淘去最后的夜。

然后有一天醒来时空气里全是玉米的香气。我们走出门外，风吹来了玉米粒和叶子，白色的丝絮降下像空中的网。我们赶到田里。一株株亮绿的玉米给拔起来扔在田边，淡黄的穗子垂下像衰弱的手轻轻摇摆。他正把水注在田里。他的身全湿透了，是因为寒冷，或是因为疲乏，他显得无力再动。

"夜里它们会来喝水。"

他从后面的小河抬水到这儿来，一定工作很久了。地上全是水渍，水滴或是汗不断从他的额上掉到眼上。他疲倦地闭着眼，跌坐在地上。父亲轻轻走过去揩干他脸上的水滴，把身上的干衣给他换过，让我把他扶进屋里便拿起水桶往河边走。在忽起的柔和的风里，白色的玉米的丝絮在巨大的田野的洼穴上映着森林中逐渐移近的黑烟飘飞，像轻轻的慰问。

但他是那么苍白。夜里他不再睡觉，他徘徊在田边彻夜守候。他衰弱得不能抬起头，他像风一样透明了。

然后有一天夜里我们听见奇怪的声音，我们燃起火杆出去，却看见他正把大门劈开，他用他最后的气力，一下一下的在砍。外面地上竖着高高矮矮的木枝，我们的桌椅都破开了插在地上。他已经非常疲乏，许多次他举不起手来。父亲默默的看着，一声不响。最后，他慢慢走过去接过石斧，挽他坐在不远的地上。我们开始砍去床和墙壁、灶子、梁柱和屋顶。我们完成他的思念，我们把木枝插进地下，梁上的木雕从泥里竖起仿佛迎向空中的沉默的生命。

天差不多亮了，木的丛林才建成。他在旁边昏睡了又醒过来，累得抬不起头。我们挽他走进这人造的木林里，他便倒下一动也不能再动了。父亲拿树枝垫在地上，在林中再造了一个洞穴让他躺下。太阳照在这丛林里，地上有奇怪的影子像张望的兽。

第二天早晨他再没有动也没有呼吸。我重感到一种强烈的空洞的像饥饿的感觉。他侧躺在地上，默默面向着烟雾渐浓的旷野。他的双手按着土地，苍白的唇微微张开像遥远的呼喊，他的眼睛深深看着远处的日渐稀疏的树影，仿佛要在记忆中挽回一个正在消失的丛林。

父亲没有哭，他在他身旁守候了一夜，他把玉米的花丝散在他周围的土地上，在泥里撒一颗种子。太阳起来的时候他拿胸前盛着树种的革袋挂到他的脖子上，便带着刻刀和一撮玉米种籽离开了。我们走向山后面白色的荒地。风雨来的时候那里会开透明的七瓣的花。

我们慢慢的走。父亲行走的时候，身上沾着的玉米的丝絮飘扬开来，像浓密的翅膀张开俯向大地。

一九七八年

# 牛

我在二楼的廊间看见它，他们把它从冷藏库推进解剖室上课。一个女孩子在由外面雨湿的脚步带来的泥渍中踉跄了一下，把盖着的白布扯了下来。它深棕色的在风美林的浸蚀中仍显得干瘪的坚硬的裸体便在强烈的药味中骤然充满了这静静的四月的长廊。它左边的胸肌和肋骨掀开了，露出深赭色的浏亮的心脏像一块刚冷却的暗色的玻璃。我看不清它的脸，可能是脸上的轮廓在颜色的转变和硬化中逐渐逃离了人的注意。然后他们离开了。在逐渐遥远的簸动中，它胸肌的纤维不住在微微抖动，清洁明亮的廊道的灯光下，这兀自竖立的肌肤在远去中更像一块毛边的油布、骤然折断的门、油渍的椰衣，而不像土壤和一度的胸怀。

一

我把沉重的背囊放下。营幕的铁枝从袋口竖出来，在地上刮出浅浅的小沟。我坐在背囊上等童，坚硬的金属的炊具在太阳下有点微凉。我把地图从口袋里抽出来，再看看方向和距离，把夹在上端计算行走时间和宿营地点的小卡移正，便放回口袋里。风在这放晴后的清晨的阳光中仍有点雨的痕迹，吹在颈背上沁凉的像一点昨夜的记忆。然后我看见他从矮丛那边慢慢走过来。他只带了一只水壶，长长的肩带从左肩垂到腰间。他慢慢的行走，一辆自行车朝他过来又远去了，车辆在他身上投下迅速的阴影再带着阴影离去。他宽阔的白色衬衣在风的拂拍中使周围的亮光抖动起来。而他慢慢走着，穿过这早晨的战栗和尘埃。他的行走带着大地的静穆和骄傲。

"只一只水壶么？"

"carora ba

a wah"

（水的声音

是好）

他把 carora ba 轻轻唱出来，中央的音节渐次高扬，重复着，变化着，再静静低沉下去。于是这清晨的拂荡中便有溪水流过卵石，在风中犹疑停顿，再流丽的盘旋到远处。也有鸟吧，留驻一会，又飞走了。他的语言是不难明白的。他用音调和整个身体把感觉说出来。在这以前他有很长的时间不能说话，开始时他在句子中央停下来，不晓得怎样继续，最后是甚么也不能说了。然后一天我从沙漠做实验回来，他拿着一个苹果在门阶上等我，说 oworr，一切便这样开始了。他听事物的声音叫他们的名字，没有声音的，他依据形状、气味、嗅觉和触抚。于是辣椒是luhhrrr，而冰块是牙齿的撞击。相同性质的他给它们相同的音首。木勺、椅子和树都是luwo开始。事物的大小、长短、方向、持续与短暂，他用声线的起伏，雷雨是沉重的滴滴和gnrrrr，微雨便是牙齿里舌头轻轻的颤荡了。动作和心里的感觉，他加上了整个身体的变化，及各种浓密不一的叹息和子音。欢欣是wwwh和单脚站立环抱双手在背后旋转。脸俯伏在膝上是恐惧不安。他不说颜色，他说具有那颜色的果物和自然。他随的他的所见做字，在不同的投入里改变已定的声色。但了解他是容易的，而且他有他的手，一双硕大美丽、敏感多变的手，随着他的说话来回拂动、飞扬、旋转，在静默或是歌声里寻找、舒张、肯定和改变。他用手指描绘一头黑色的蜘蛛攀缘，在风中哆嗦掉下，再在网的纠结中扶定，你便开始感觉那轻轻的牵缠，挥去又再乘风回来。他会用他美丽的手按着我的肩膊，紧握我的臂，或轻轻拉着我的胡子让我看湿泥里一枚半裂的闪光的胡桃，或是落叶在斑驳的颜色中溶进尘埃，他的接触有一种柔和的温暖，你从他的把握中觉到了他生命的奔流、焦虑和欢腾。他抚摸每一件事物，撩拨它，紧抓它，唤醒它，把它放到脸上让它感觉他的忧喜。但许多时他把手藏起来，在衣袖里、口袋里、臂胁下，沉默地看着他绘满板壁、茶壶、杯子、泥碗上的牛，在参差的锈红的寂静中一动不动的呆立着。

　　现在他是愉快的吧。他伏在地上看一株月尔草，他的手围拢在小小的仍带着早晨的闪烁的紫色花朵上，轻轻合上，再张开，柔和地让花瓣擦过掌根，拂过来复抚动的指头，从缝隙中越出，再隐闭在倾斜的掌心，这美丽的硕大的手，阳光中带着罕有的温柔在回荡的拭抹中犹疑的苞放抒张，像兀自的生命，试探着、思索着，挪动着初苏的身肢蹒跚地进入新的扰攘。

然后她来了，她从对面小路跑过来，细碎的急促的脚步在清晨里彻响，像跳动的心，累累的果子掉下。她喘着气，盈盈的站定，笑着，微红的脸上细细淌着汗，明亮的清新的脸，流泻出溪河、晨光、蜂蜜和鸟。

"我迟了。"

她举起手把垂到脸前的发轻撩到肩后，柔软宽阔的衣袖随着高举的手滑过手肘，再垂垂飘下。

"噢，不迟。"

她的肩上有极轻淡的细细的紫色渍痕，像一头小小的紫色的蛾。昨天留下的吧，我买果子的时候碰见她，约略说了这次旅程。

"谁一起去？"

"童。"

"噢。"

她捡起一枚紫亮的美丽的茄子，放到脸颊上，偏着头轻轻看我。

"我可以去吗？"

是那时沾上的吧，茄子的皮划破了，或是蒂茎里流出液汁。她便带着这小小的蛾来到这白日的开端。她把肩上的麻袋放下，看着童，慢慢的跑过去，蹲下，再又羞赧的站起来，垂着头用脚尖在周围划了一个细细的圆。我感到一种极松软的流动，轻轻的在心里沉下。

"该走了。"

童轻轻攀扶着花的茎杆，看看我，便站起来。他把水壶移到腰际，开始慢慢朝林子走去，我背着背囊走在中央。我比较高、粗壮，在仍低的太阳下，我的影子越过他们伸展到前方。我们便带着山的肃穆开始了我们的旅程。

我们穿过木槿和草樱的短丛朝南方走去，清晨的太阳穿过我们的肌肤给我们带来了一种微悸的祈望。黄走在我的身旁，她柔软的细小的臂膊不时轻轻擦着我抓着肩带的手肘。我感到了这旅程未来的允诺。然后栂树和石斛逐渐繁密了。草径隐没在恣意地攀满整片土地的绿色木苔背后，它们离开了海和潭泽，在林野丰润的阴地里带着不同的容貌和欲望像动物一般奔腾。我们晓得我们已经进入森林了，透明的暴戾的森林以奇特的年青的绿色占领了天空和白日的亮光。童匍伏在地上，木苔浓密的绿色叶子掩盖了他整个身躯和四肢，只剩下黑色的头发像停息的树獭。

"e owo iuwoii

wwwwh

wwwwh

e owo iuwoii"

（我的头在根上

欢欣的

欢欣的

我的头在根上）

他轻轻的揉着雨后的土壤，淡色的手指和指节从缓慢摆动的叶缝中显露又再消失，像小小的拨鼠犹豫的在穴间探首。风穿过树林发出奔马的声音。他慢慢坐起来，把水壶窝在手心里，团着腿安闲的看着这带着野兽般活力恣长的青绿。他的脸沾了晨早的露和轻轻的泥巴，斑驳的掩映在已经正午的太阳下像石上的兽刻，泰然的、丰饶的，安立在亘古的时间里如季节和夜。黄拿出手绢，轻轻走过去跟他揩掉了。她把头发拢后，亭亭的坐在他的身旁拨弄着身前的草叶。她垂下头，她白色衣袍里的膝盖温柔的挨着了他团坐的腿，她的嘴角隐隐带着微笑。我抓紧了背囊的绳子。风从桝树下垂的枝桠吹过来。我的口腔里感到太阳和运动带来的酷热的气流，在风里进来，降下，从胸中翻起，再浓重地沉落。

我把背囊放下。沉重的背囊，在地上扬起了一阵尘埃。我的肩膊酸痛，背囊是太沉重了，我没由来的感到一种落寞的感觉。我打开背囊拿出水壶，水壶的带子把一份剪报拖了出来。收拾的时候我不想把它留下，便放进背囊里。现在它在这寂静的丛林里重把我带回每次看后感到的强烈的不安里。"二十年的刑期届满后……他不仅丧失了记忆和思维能力，而且还存着精神分裂的突出表现。"我用手拂扫地上的落叶，细碎的叶枝在晨曦里有点雾湿的清冷。风把剪报轻轻翻起。他是这么好的小说家，二十年的牢狱。"他的每日晨昏在胡同里扫街，就是一种不可抑制的强迫性动作。这症状一旦出现，每每欲罢不能。"我心里感到一阵疼痛。我没有期望他继续写作，但他甚至不能如常人般活着。他写这么好的小说，他是启发我的作家之一，他帮助了我，改变了我，而现在他受这样的苦，我没有为他做半点事情，我干其他一切又有甚么意义？我把剪报深深揣在怀里。我不知怎样做。我浮荡在事物的外端，徒有空泛的忧介。我对一切又有甚么帮助？而于目前的一切，我更是无从参与了。童继续看着这兽一般的绿色波动，而她的脸转向了更美好的祈望。我是在外边的。

"luwoor pfee

yrou

iri

iri"

（树升

云

在上

在上）

风从后面矮丛那边吹过来，栂树柔软下垂的枝叶随着风烟一般向上飘扬，像一头透明的绿色鼬鼠。童把一株鹿草摘下来，茎杆上已经有了淡色的小花。他把它衔在嘴里，站起来，双手抱在腰后，用下颚轻轻擦了左肩两次，右肩三次，把左腿伸出来碰了地面三下，再缩回，向前跑了六步，停下，再擦肩，把右腿伸出来，再奔。黄笑着，也摘了一株鹿草追上去了，忘了擦肩，便又跑回来从头开始，她白色的衣裙在奔走中扬起像倾斜的雪狐。在绿色的晃荡中，一切仿佛愉快起来了，我也衔了一株鹿草赶上去，于是这浓墨点拂的深影里，便有三头鹿奔向林间深处。

傍晚的时候我们在一株槺楂树旁坐下，剥落了的鳞片似的树皮，在树干上留下了毛羊的形状。我用枯枝生了一个火，柔软的上升的白烟在稀薄的暮色里像犹豫的蛇。我们用甘薯、萝卜和豆煮了一锅汤吃了，童便在火旁躺下，他的头侧卧在水壶上，双手垫着脸，背着营火蜷伏着身体睡了，像一个小小的孩童。营火的亮光掩映在他美丽安详的脸上像来回的抚拂。我们的影子在火舌的闪烁中柔和的伸缩着，仿如细小的行走的步履，穿过尘埃和亮光回到远古的时间。我在火的另一端扎营，让黄睡去。她也累了，她已经斜倚在石旁许久，凝视着营火或是那后面的迷惑。她也美丽。却亦有了年青的不安。我回到树旁坐下来。夜里的小虫在我的手上脚上咬了小小的红点。风渐渐从阴影中起来，入夜可能更凉了。童只肯睡在空野，我起来把营火弄大，槺木的根在火里发出柔和的芳香的气味，像轻轻的慰问。

## 二

我醒来的时候太阳已经很大了。黄把营幕折好在石旁守候我们起来。营火已经熄灭，白色的灰烬黏满了童浓密的头发。然后他也醒来了，他坐起来揉揉眼睛，拿水壶在耳旁摇晃，让水的声音带他进入这清晨的飞翔。那是一只很大的皮革的水壶，像鸟的形状，他一天在屋前种豆子，在泥土里发现它，便一直不肯离开它了。他把水壶在肩上挂好，便朝南方走去。我和黄分了一只果子，慢慢走在后边。他早上只喝清水。行走的时候，柔软的树的灰烬随着他的脚步和风从他的周围飘起，降到肩上，再飞扬开来，像一丛萦绕的白鸟簇拥着王者不散。

"Orura"

（鸟蛋）

在一块巨大的绿泥石旁我们看到一枚小小的鸟蛋，绿色的差不多透明的壳上有白色的细碎的斑点，从尖端向下流落，像突然的雨，刚开始却又在半途停歇了。是搬家时掉下吧，上面仍沾着清晨的露。童在石旁找到一条仍带着小叶的羽毛一般的攀藤，细细把它绑起来挂在颈子上，他用手把下端轻轻托在心胸里，让心的跳动唤醒它匿藏的生命。我们环绕着童旋转，伸出手重叠在蛋上，温暖着这蛰居的鸟。然后童开始跑了，他张开空敞的手，停在空中，垂下，再轻轻扬起。我们从他的两旁飞翔上去，在他身前切合，散开，在两侧转身，再在他身前交叠，散开。

palata

pfew

palata

palata

pfew

我们在声音的震荡中教它在卵壁里飞翔。

正午的时候我们都有点累了，檁树和白桦高高的树干无限的伸展到旷野的开端，像鱼群游向海的尽头。太阳从浓密不一的枝桠上漏下来在地上形成一潭潭移动的光。我们坐在阴影里等候风穿过树干和石块的缝隙。一只木鹨从枝桠上飞下来，在我的背囊上停下，又茭茭的飞到光的背后，它这么小，三吋也不到，青色的身体在飞翔中像一尾受惊的鱼。童倚在一块蚝青色的石旁，用手依着石的纹理行走。它从火里出来，在空气和水的召唤中变形、凝固，青色的身体上爬满了白色的水蛇般的纹迹。我从背囊里拿出干鱼来让大家吃了。风从我们背后吹过来，带着细微的沙粒和酷热，仿佛是突然的盛夏了。然后我们看见石斛后一丛丛的山荷叶。我们拾起东西慢慢走过去，明亮的日光下，硕大的山荷叶在风的拂荡中仿佛有了水的神态，流丽的，鳞样的，在前方盘旋过来，又从旁流荡过去。童把鸟蛋移到背后，奔到叶丛中央，双手合在头的上空，蹲下，像诗中那样向东面扑跳过去。

"ulowu yoho

ulowu ughg

ulowu duma

ulowu a waaah"

（鱼跃

鱼的惊愕

鱼落

鱼是欢喜）

他旋游了一会，潜到中央，隐没在绿色的动荡中，再把双手合在头的上空，向南面扑跃，呼啸一声，笑着，再掉下，藏伏，潜游过来，歌唱着。他白色修长的身体在跳跃中伸展，随着手的指向徐徐滑落，像白色的挺拔的弧。黄在西面也跃起了。她宽阔的衣袍随着她的动作轻轻飘摆，美丽的鱼，掉下了，再从笑声中站起，她的长发披乱在她绯红的脸上，活的、汗湿的、澄亮的。我把背囊放下，脱下衬衣，也跃到这带着鱼的活力生长的叶丛当中。我张开四肢，我脸上胸膛上感到太阳下茎杆温暖的柔软的抚触，我嗅到泥土里强烈的夏日的香气。我轻轻在荷叶丛中揉着我的脸，我的胡子擦在茎杆上发出了细细的绰缪的声音像珊瑚里的开合。太阳照晒在我赤裸的背上，我从四肢里感到了一种暧昧的绵密的流动慢慢伸延到我的心里。

晚上，月带着一种奇怪的红色升起。我们把檴树树皮下的白屑在水里搓成小饼，在火里烤熟吃了。小小的树饼，在嘴里留下了鱼的甜味。童把山扁豆的叶放在锅里烧水，它们有茶的清香。

# 三

第三天，我们在仍有雾的时候醒来。我们还有几天的路程。

树木仿佛逐渐稀薄了，矮丛带着碎散的黄色伸展向南方像细碎的星。童在树下喝水。他在旁边的小穴里拿出鸟蛋，小心的挂在颈子上，他胸前的一颗钮子松掉了，软软的垂在原来的短线上像奇怪的月亮。黄从麻袋里拿出一只小盒，微笑着走过去，在他团坐的腿前蹲下，温柔地替他缝上。她偏着头，头发软软的在脸上拂动。她的手拉着线扬起，在空中停顿，再慢慢垂下。然后她俯前把线咬断，她的脸轻轻贴着他赤裸的胸膛，美丽的头发满满的散泻到他身上了。我感到清晨的浑沌，我把水洒在发烫的脸上，冰凉的水滴流到我的胸膛上进入了我的心里。

我重感到一种落寞的晕眩。我的肩膊发痛。还有多久才到呢？或许我应该回到心的居所，那广大的家居。我没有记忆，亦没有熟悉的系念，只是一种模糊的却极强烈的牵挂，浓重的屯积在心里，挥之不去，笼罩着我的欲望和行为，随着每一细微的遥远的颤动，带来深深的疼痛。我能够为他们做些甚么？这无数遥远的跳动的心。但我甚至不能处理自己的感情，而童如此美丽。

中午的时候我们躺在树旁的水潭里，让清凉的水带去日来的疲乏。白苔细小圆型的叶片铺满了我们微黑的手和脸。然后我们起来让它们在风中干了，它们飘离我们的身体像小小的星宿，游荡一会，便隐没在浓密的草丛里。没有飘去的，我们带着它们行走若日月的纹饰。

我们在地穴和树洞里找到小小的蜂巢，鸡卵一般大小，上面布满小小的圆型的洞，轻轻亮着蜜的亮光像淡色的太阳。我们把蜜倒在小盅里，掺着水来喝。它们有浓烈的丰润的香味。然后夜来了。

我们在榉树旁边坐下，坚硬的树皮和树瘤透过衬衣轻轻压着我的背。粗糙的皱纹和剥落的鳞片内细细的长着双瓣的圆型的叶像孪生的月亮。天柔和的暗下来。然后我们听见轻轻的叫声。风习习的吹进林间。童肃穆的站起来，用枯枝生了一个小小的火，他把椿树的枯叶撒进火焰里，淡紫色的烟雾带着强烈的香气升起。他绕着火堆慢慢的跑，每周之后俯伏在地下，再呼啸站起来。

"hpehh

mu duma

n eooe e

ge reye

oo

alluya

ii e reehrr

mu alluya"

（悲哀的

你掉下

不要看我

用依恋

的眼

回来吧

因我的怀念

你回来吧）

我们绕着火奔走，童把枯叶撒进火堆里，紫色的烟雾霍地标窜上暗红色的天空，我们朝火焰跪下，再向外奔窜，面对着荒野伏拜，alluya，mu alluya，回来吧，你回来吧，再奔向火焰，跪下，旋转着，颂唱着，alluya。我们面对火焰的时候拿树枝往地上敲三下，停顿之后再敲，教夜行的野兽藏匿，让去世的能够在树林的记忆中行走无碍。他们从尘埃中掉下，然后在季节、风雨、秩序的进行里因日月的怀念从尘埃中复生。然而他们仍是忧虑，他们犹疑的守候着，藏匿在欲望和怀疑背后，带着浓烈的乡愁看着他们或许未能再入的世界。

我们摘下椿树的嫩枝在头上轻轻拂动，环绕着火焰回唱alluya alluya。我们让树叶的香气和搧动的风慰抚他们的心。回来吧。我们把嫩枝掉在火堆里，高窜的白色的烟带着强烈的芳香和细碎的火花进入这颤抖如水的夜空。

然后火慢慢熄灭了。我们躺在微温的草叶旁。火堆里爆出必剥的声音让最后的闪烁摇晃。我们俯伏在地上，我们的头贴靠在寂静的夜里，腿向外张伸，我们轮次向天空举起我们的腿。我们是六射星，我们以我们的光芒召唤。回来吧。

四

第四天，太阳穿过稀疏的树干泻落我们外露的肌肤上，赤热的微痒的感觉像海浪里的盐。童翻过来把鸟蛋迎着太阳举起，淡红的阳光映在海绿的蛋壳上隐约透出了潜伏的影子。模糊的生命的凝神、蠕动，等待成形、舒张、破壁飞翔。他让蛋波浪一般在他脸上旋转，从下颚开始，滑到宽阔的额角，越过颈项，停留在开敞的胸膛上。然后他把它窝在双掌内，笑着，把它藏在我的胡子里。

"orura p wurura

orura p wurura

nanu

nanu a wah"

（蛋在窝里

蛋在窝里

温暖

温暖是好）

我的头躺在一丛榎草上，我的一只手拿着瓜，一只手拿着小饼。我要坐起来，又怕蛋掉下，只得静静的躺着。童和羡已经笑着跑远了，nanu a wah，而我的胡子里有一只待裂鸟蛋。

我们走了许久才坐下来。正午的阳光在没有阻隔的海色的天空中逐渐强烈的照晒在藤黄的土地上。一只鹰从桧树的矮丛搧起，扑扑的飞向背后遥远的森林的阴影。我们走在平阔如海的旷野上像穿过古老无碍的时间。一团团淡黄色的草丛垄起在细叶的桧树的矮丛中间，它们柔弱的茎杆从浓密的中心生长，轻轻散落在周围的土地上像柔软的下垂的浪，有些透明地蓬起，光穿过稀落的茎叶像穿过烟。我们每人躺在一棵矮丛下，借着荫影和风的庇护躲开白日的混沌和疲乏。我的脸紧挨着仍凉的脆弱的枝桠，树的矮枝和地面刚容下我粗阔的身干，我的脚却在太阳下感到了海盐咬蚀的轻轻的刺痛。我挣扎着站起来，龙舌兰狭长的没有枝桠的树杆零落地竖立在海浪气味的沙石间。我走在飕飕的空气里，风吹过旷野带来波涛的声音，淡黄的仙人掌海沫一般从地上涌起。然后我听见童带着海的鸣啸奔跑过来，他的头轻轻倾前，手张开柔和的旋舞着，回荡的水，带着他缓缓翻卷到地上，随着身体的弧型波动，徐徐的扭转，拱起，再流落的伏下。但突然他翻腾上来奔跃，扑到我的身上，把我压下，在我身上来复的披覆着。

　　"e

　　pforora

　　huure

　　lowur duma"

　　（我是

　　浪

　　扬起

　　树倒下）

我的头掉落在一丛柔软的榠草中央，他向横架在我的胸膛上，笑着，太阳下他的身体有甜美的孩童的气味。风吹在我的脸上，我感到一种清凉的舒坦的流动。我从他的身下站起来，迎着浪再 lowur duma。他呼啸一声漩涡一般绕着我奔跑，然后从背后盘过来缠着我的腰。我承着他的重量跑着，他却朝我的膝盖窝推下去，我又倒了。他从我的胸膛下翻过来压在我的肩膊上，我扛着他站起来，笑着，软下来，又倒在地上。我比他粗壮两倍，每一次都给他攀下了。黄从远处呼笑着，拿着麻袋跑过来，把采下的果子倾在我们身上，黄色的浑圆的浆果骤然从我们的头上、身上泻下，像黄色柔软的雹，冷冷的溜过我们灼热的肌肤。我们喘着气吃着果子，清凉的液汁流满我们的脸。我们是海洋里重叠的树，彼此向横架上天空，童在我上面，黄在童上面。我们的身上长着圆熟的果子。

"owolo

owolo

huf ala

lowuyiba"

（涨满

涨满

空山里

桨的声音）

## 五

第五天。我们醒来时月亮已经在我们左面不远的地方，我们在太阳未起之前赶路，我们的水喝光了，童睡前把水壶放在倾斜的叶子下，早上只盛得半壶露水。他让我们喝了，把空敞的水壶挂在背后，风来它发出轻轻的嗥鸣像牛的声音。矮丛更是稀疏了，带红的土地在零落的黄草中央更宽阔地展开，无尽的土地，云的土地，夜的土地，在我们的张望中缓缓升上天空。我们的脚步比前更慢了。风穿过荒野的声音仿如地的崩裂。我看着胸前挂着的罗盘，还有两天，向南五十哩，东南十二哩。但我们都疲乏了。我把炊具杂物和鸟蛋留在矮丛那边，只带了重要的文件、夜间的衣服和营帐。黄把头发束起放进鸭舌帽里，她把麻袋挂在左肩上斜斜向旁垂下，像一个美丽的小兵。她的绳鞋轻轻拖在沙砾上发出沙沙的声音像雨。只有童仍带着安闲的静默走在荒野里，像云航过碧空。

　　中午，我们在唯一的矮丛下休息。天更广阔地升高，透明的天空，带着移动的风和鸟，土地一般把我们覆盖在摇曳的睡眠里。童伏在地上，他的脸藏在短枝和干叶中央，黑色的头发蓬在地面像潮湿的土壤。他的一只手压在胸膛上，一只手在地上来复的扫着。

"mu

e

asuri

ddhh"

（你

我

拂抚

雨）

他用脚轻轻的敲着土地，轻轻的水滴的声音，荑把帽子挂在矮树上，她把头斜斜的倚着攀着树枝的手，拿着枝桠轻轻在地上划着，风把她的头发吹过微红的脸，又让它明亮地露出来。她看着童，慢慢的站起来走到他身旁坐下，asuri，歌声自土地升起进入浮荡的天空。她偏着头聆听，幽幽的拔着腿前的草叶，散到童的背上，再缓缓把它们扫落，她的手在童的身上、背上温柔的拂拭着。白色的花朵、水流和夜。

我在口腔里感到一种苦涩的味道，我站起来茫然的走到太阳下，丝兰尖硬的叶端穿过我的裤子刺进肌肤里。秃身的龙舌兰枝干更寥落地散在草丛和岩石间像孤独的呼喊，从土地攀向空中再沉郁地降回大地。我感到有点饥饿，摘了一点仙人掌吃了。旁边一株植物带着仿佛奇怪的步履生长着，淡紫色的叶子，在相接着茎杆的地方有点透明。我摘下一块嫩叶放进口里，它在舌头上有轻轻的麻痹的感觉。然而口渴是竭止了。我摘了一些，跟仙人掌一起带回去。

童伏在地上睡了，他的手和脸藏在泥土里，白色的身体随着呼吸缓缓的起伏着像初晨的高空。他是天和土地，他随着日月的运行和季节带着不同的颜色、姿态和生长铺展在风和空气里。荑却在悄悄的哭泣了，她也像我吧，守候在不经心的事物旁，为一切随意的动作所伤。我把叶子让她吃了。她回到矮树旁坐下，垂着头怔怔地看着沙地上芜乱的正午。

傍晚，荑和我感到胸腹里强烈的不适。开始时是轻微的疼痛，到日落时分变成了急促的抽动。我们在沙砾的地上和逐渐寒冷的感觉里翻腾着，我的内衣全给汗沾湿了，迎着夜风冰一般贴着我的脊梁。我爬起看黄，又在抽缩中倒下了。童给我们的翻动声惊醒，蓦地站起来奔到我们身旁，他抓着我的腕在我胸上聆听，翻开我的眼睛察看。他思索了一会，拿毛毡盖着黄，脱下上衣，把营幕覆盖在我身上便朝石丛那边跑去。

　　回来的时候他给我们吃山扁豆的根。苦涩的清凉的感觉随着我们的战栗落到我们的身体里。我们的腹痛慢慢竭止了。黄疲乏地睡去，美丽的脸在初升的月影中显得更苍白了。童抓着我的胡子细细看我，他攀着我的头用宽阔的额擦我的脸。风慢慢大了，我在松软的感觉里慢慢地睡过去。

　　我醒来的时候月已经高了。暗红色的浓密的云光影一般浮动着，覆盖它一会，又隆重的远去了。鹿鼠遥远的叫声像土地的哭泣。然后是强烈的寂静。我坐起来拿衬衣给童披上。黄细小的身体蜷伏在毛毡内睡熟了。风穿过草丛和空地发出空洞低沉的叫声像浓烈的乡愁。童携着我的手守候在庞大的夜里。

## 六

　　第六天是强烈的光。

　　黄在天亮时醒来。她柔软苍白得像雾，她掀开毛毡坐起，看见我们便明静的笑了。她慢慢从麻袋里拿出小梳梳理头发，柔软的及肩的黑发随着每一下的梳子扬起，再缓缓散落，那张开的金色的阳光的网。我割下一株仙人掌，去掉刺让大家吃了，它的中心像柔软的甘蔗。

我们伴着黄慢慢的走着。童替她背上麻袋，她把头发结了辫子垂在肩上，轻轻挨着童的臂膊垂下头温婉地行走。太阳下她的脸重新有了轻淡的颜色，从脸颊伸展到微红的耳朵背后。我感到眼睛疼痛，眼腔里我看见树的年轮转动。我头上感到了太阳的撞击。轰。我听见那声音。

正午。我感到从没有的酷热。草越来越稀少了，土地以更深的红色延展至遥远的尽头，然后是那眩目的白色的光，天降下沉重的白色的火焰让土地带着锈蚀的颜色和铁的气味燃烧。风把灼热的沙粒吹到我们脸上像星散的火花。我开始不能思想。我应该熟悉的而我没有。我远离广大的国土，投向它在异地的痕迹如鹰投向石的遗骸。我狼藉于朦胧的系念里，带着不安的心坠入梦中，却无能进入更大的家居。我思念古老的街巷和人，游离在它周围而不无大的恐惧。我日渐忧伤了。

太阳更强烈的曝晒在我们的肌肤上，带来仿佛剥裂的声音。我们走在松散的土地上扬起了光亮的红色尘埃，雾一般悬荡在我们周围，刚落下又随着行走的脚步扬起，我们浮游在一团永久的红云中央。我们的脚有时陷进软泥里，拔出来时地上有小小的洼穴。我们没有荫庇的走着，甚至没有风。四处是逐渐巨大的红色石块和微弱的褐色的草，零落的躲匿在石的阴影背后。阳光下石的肌肤带着埋藏的石英和云母星散地闪着尖锐的亮光，在我们眼前张开了一面跳动的白色的光的网。我的头旋转着。我扶着一块巨石站定，黄已经伏倒在阴影下了。我们便坐下来休息。

那是一块巨大的红帝石，赤紫色的纹理上暗暗的闪着光像埋藏的星宿。它在中央弯折，轻轻曲下来成了我们暂时的庇护。我再拿出仙人掌去掉刺给大家吃。它在刀削的地方轻微的黄了。我们的手把它染上了红色，这我们也吃下了，我们的舌头上有咸咸的铁的味道。

仙人掌的液汁在我们红色的手掌上流下了小小的河道。我们在石上揸手，石给沾湿了，暗了颜色。我们用红土在旁边画一百个太阳。

"pseh

lu

alaar"

（光

退去

大地）

童抓着土轻轻撒向太阳，它在红晕中消失了一会，再强悍地照晒在我们头上。我们收拾东西，甚至地上也是太热了。我抓着红帝石站起来，它在我的手上碎裂，轻轻掉到地上像红色的雨。我感到唇和口腔爆裂，刚才火焰降下去，现在再随着移动的步履燃烧。而我们甚至不能呼吸了。太多的红土进入我们的体内，我们沉重得不能举步。我们拿手帕绑着我们的鼻和嘴巴，避开沉积的空气。然而土地越来越松软了，红色的泥土扬得更高，红色的云雾把我们覆盖像夜，前面的路没有了，我们完全裹在模糊的浑沌里，只感到强烈的光箭矢一般穿过云雾投向我们头上。我们朦胧的朝西南走。

然后白日渐渐退去。风起来吹过我们头上，把红土散去一点，有时又更沉重的让它覆盖。我们的口里混合着尘土有一种黏腻的感觉像厚厚的青苔。我的腿强烈的疼痛，仿佛随时像红石碎裂，跨覆在地上。荑柔软得像土，她抓着童的臂膊慢慢走着。

落日在空大的旷野显得扁平而宽阔，狭长的云在它身上横过带着鲜橙的颜色像虚假的线。我们是非常疲乏了，我把营幕的铁枝遗下在树林里，在这荒漠中我们要找地方避过风和早晨的露。我们按着彼此的肩膊走，荑按着童，童按着我，像歌唱的盲者。我们的影子倾斜在我们的左下方，在头的地方连起了像帆。一条船的骨骼航行在荒野里。最后这也溶进更大的阴影。终于我们在石丛的背后找到了一个地穴的进口。

我们把一块石子掉下去。它随着倾斜的石壁滚动了一会就停止了。我沿石道爬下，石有点滑，地面却是松软的泥像上面的红土。荑把麻袋交给我一步一步的攀行着像小小的蛾。童沿石块滑落，一下去就蜷伏在地上睡倒了。我把营幕给他盖上，让荑睡近洞壁的地方，拿毛毡替她裹好便也睡了。这洞穴躲避了荒漠里夜间强烈的风，但我背上感觉有微微的湿气从泥中升起。最后我也睡过去了。

夜里醒来我好像听见雷的声音。

# 七

早晨，我们在太阳未起时已经转醒。昨夜荫庇的石穴在微昏中显得阔大。我把营幕叠好，跟童一起坐在地上看上面渐次升高的太阳。天逐渐亮了。我们看着淡红的光逐渐泻下倾斜的石块像缓慢的水。暗哑的岩石在移动的日色中慢慢冒出颜色。我们回首唤黄，却砰然在石壁上看见它们，轰立着的无数硕大无朋的牛。

我们终于找到它们，我们找了这么久，现在它们天空一般，无限俊美地傲然矗立在我们跟前。起初它们是模糊的影子，带着粗略的石的面目，然后随着阳光和我们的注视，它们昂然占去整个偌大的空间。正中是两头巨大的毛牛，用黑色勾出了形貌，轻轻的红色在旁叠着。它们十三四呎高，面对着面，身体是锈红的石的颜色，胸部随着岩壁的轮廓隆起，在腰间挺拔的窄下去，它们昂起头，扬开腿，带着一种蕴蓄的气势悠然的对视着。它们的膝间是五头小小的稚牛，淡褐色，三头完整的偏着头奔跑，两头迷进石里去，留下淡淡的颜色像呼吸。重叠在第一头牛身上是一头土色的牝牛，身体修长地张伸，棕色的蹄踏着石悠远的向前面展开。第二头牛腿上是一头赭褐色的牡牛，微黑的背柔和的向腰间淡下。它的后膝屈着，前腿举起，仰着头，凌空的在石间探视。两头巨牛中间是一头麝香牛的侧影，没有腿也没有尾部，栗棕的颜色从身体泻在石上停住。它的颈伸前，舒朗地探往可及的将来。

第二头牛尾巴过去在邻近的石壁上，是一头惊奇地美丽的红色犁牛。我们在照片上见过它了。童在杂志上看到我们二百多里外这洞穴被发现的消息，旁边附着一张照片，便是它。它穿过了洞穴的昏暗跃入我们的空间，泰然瞪视着我们的繁琐和喧攘。童看后再不能安然，他沉默了。他把许多年收集的洞穴壁画的图片贴满板壁，日夕思望着进入远古的自然。然后我们开始了我们的旅程。现在它更美丽庄严地重现我们眼前。它约十六呎高，巍峨地柱立于石壁上方。它的边缘和鬣毛深黑，然后锈红的颜色从雄浑的肩膊泻落腰间，在腿上转了淡褐的麻黄，再散下浓黑的蹄上。它的前膝在空中屈折，后腿朝上曳开，嗥鸣着昂然向我们跃过来。它的背在石上成了一个美丽的下陷的弧，承接着这许多年的沉默与时间。

他再过去是一头棕色的腾空跃起的公牛，带着六头黄色、淡赤色、赭黑色的小牛，它们的腿很胖，矮矮的跑在石壁的下方准备流荡到远远的空间，它们上面是一头泥黑色的牡牛，角微微弯向上空，胸肚间淡红色，它的前腿张开，扬着头，跃向高处的岩壁。

对面的墙上是一头巨大的奔跃着的黑牛，重叠在一丛红色牛群上面，无数红色的角、腿和尾巴从它肢体旁露出来，它庞硕的躯干内隐隐透出芽红色的身的侧影，累累的生命，穿过了夜和雨。它的右下方是两头枣黑色的犁牛，背对着奔向相反的方向，一头中了箭矢，背上和腹上留下一块强烈的红色，激溅的血，跃进四周岩红的壁间。再过去在石壁的正中是一头巨硕的、怀了孕的母牛，约十五呎高，用后腿立着，肩膊斜斜的歪向前方，小小的哑红色的头在庞大的倾斜的身躯上成了奇怪的美丽的对比。它的腿旁周围是个别的飞扬的牛只，栗红色、褐色、藤黄色，有些斑驳地剥落了，柔和的回到石的心里。只留下落落的震撼。

然后我们发觉它们每一只都是奔跃着的，甚至随意刻下的粗略的线条，没有颜色，也许没有明显的形状，然而整个石壁间贯穿了一种律动的飞腾。它们重叠着、紧靠着、亲近着，各自在个别的空间蕴含待发的力量；轻轻昂着首，引领你转向它们的方向，在不经意的跳跃中感觉已呈现或将待呈现的事物。它们在石之上奔跃，在固定的范围之内飞腾，凌驾了一切知识和官感，凝聚在时间里，在猛跃中超越自己，没有滞留的处所。它们带着对生命的骄傲腾向空中，无知于自己的力量，在翱翔中飞扬、展示、震撼，在仍在的腊红、黑和哑褐中舒启它们狂野的生命。而战栗的空气穿过古老的时间摇晃着这沉默的洞穴。

我感到一种无由来的不适。我站起来退到旁边的石壁旁伏下。我的心强烈的跳动。我偏着头努力看着洞口，却感到这些泰然的强力的生命的注视。

童仍然沉定的看着石壁，他的脸有一种罕有的凝重的神情。童是天的孩童，他失去言语时仍是舒坦，现在却有一种仿佛茫然的不安了。他团着腿看着，手放在膝上，手指却奇异地藏到掌下面去。黄也起来了，她起晚了，她把毛毡放好，轻轻跑到童的身旁坐下，她看着壁画，静静的惊呼着，看见童的脸，却又静默下来。

太阳慢慢移动，偌大的石洞逐渐昏暗下去。石壁上留下藤黄和麻红的大块的颜色，动物的线条退却了，但活的、飞扬的震撼却更强烈跃进周围的昏暗里，撩拨着我们环绕的空气。我在颈上背上感到了轻轻的栗动，我微微的喘息着。

远处，我仍听见雷的声音。

我拿出仙人掌来，跑过去递给他们。黄愉快地吃着，她是完全康复了。在微光中我看见她丰腴的唇轻轻的动着像淡红的荚果。童却把它放在旁边一块圆石上。他拨开额前垂下的头发，更专神地注视着石壁上渐次深沉的黑暗。黄犹豫地看着我，慢慢吃下最后一口。她注视着童沉默的脸，俯身过去拿起仙人掌送到童的唇边。童木然地看着前面模糊的暗影，好像没有看见。她疑虑地拿着，然后垂下头轻轻放下。我看着他，感到一种更大的无可解释的不安在心胸里急剧地翻腾着。

然后月升起。月带着轻轻的寒冷泻进了深沉的洞穴。云航过又在风中远去。暗红的云给白色的亮光带上了微弱的颜色。风在空敞的洞穴里吹着，像低低的嗥鸣。一明一灭的清淡的月色中，壁上的牛仿佛带着吼声向我们庄严地奔窜过来又安泰地退下，它们是完美、自若、蕴蓄、无惧而不可遏止的。

荒野的风在夜里逐渐强劲。黄抱着臂膊轻轻的瑟缩，我起来拿毛毡给她。她犹疑地接过，深深地看着童，握着他的臂膊一会，便在他的旁边躺下。童仍一动不动的看着石壁，我拿旁边的营幕张开给他披上，营幕的重量让它自肩上滑下了。我拿绳子把末端在他胸前结好。童便像王者一般团坐着。

月终于完全隐没在石穴后面。我们在静寂的黑暗中守候。我开始听见雨的声音。

早晨，我们在转动的日色中迎迓它们。我们看见初升的颜色，我们的心微悸着，然后它们蓦地冲向我们的脸上。我急促向后挪去。

外面的雨仿佛下大了。雨落在坚硬的岩壁上发出扑扑的声音像奔走的蹄声。

我发觉童静静把手放进口袋里，他的手被荨麻的液汁蚀伤，斑红的结着小小的痂。我们是残破褴褛的，被一切经意或不经意的事物所伤，我们抚触我们的痛楚，小心穿行在事间。它们在激越和沸腾间飞跃，负载所有贯穿的年代，安然环视所有活过或未活过的事物而投身无限。我们有大的恐惧。我们手揾脸孔，只在掌间感觉自在。它们身负箭矢而奔跃在时间上。我们活着，告别着，懊悔过去而害怕那尚未呈现的。我们的脸孔转向轻易的事物，当生命俯身触动，我们又犹疑地退却了。童已是无惧，他仍要藏起伤疤。我感到了更大的羞惭。

洞穴渐渐昏暗，雨帷幕一般遮去了白日的亮光。雷声随着风贯满了这小小的石穴。黄惊坐起来，紧紧抓着童的臂膊，一会才平静下来。童仍端坐在沉默里一动也不动。昏暗中我看不见他的眼睛，只感到他美好的脸凝结着。黄忧虑地看着童，她按着他的额，轻轻的推着他，拿手温暖他的脸。我感到非常累。我躺在地上，泥土的湿气从衣服传到我的肌肤里，我重新忆起一切忘却了的恐惧，童年的，莫可名状的。恐惧身体变大，浮起；恐惧一切事物在我手里碎裂；恐惧羞耻；恐惧我的恐惧让人知晓；恐惧空气变得柔软，接合在我的周围不能张开；恐惧梦；恐惧不能梦；恐惧下陷；恐惧漩涡和浪；恐惧伤害亲近的人不能挽回。我迷糊的睡去。

　　我在羡的摇晃下醒来。我感到一阵寒冷的战栗，我的衣服湿了。地上全是水，松软的红土浮在一潭潭水泓里，掺着泡沫像红色的岩浆。空气是潮湿黏腻的泥沼，盘旋在我们上方。羡裹着毡子站着，轻轻的哭泣。童的裤子全湿了。他的手仍在裤袋里。我把他搀起来，一起爬上附近一块大石上等水退下。但我们坐下后便觉得害怕了。风从洞口急剧的吹进来，雨水像瀑布般带着红土泻下洞口倾斜的石块。我们在石上没有雨，但倾下石道的雨水撞击在石块上不住激溅到我们身上来。夹着红土和碎石的雨，冲击在身体上带来了尖锐的寒冷和疼痛像红色的冰雹。我们的衣服上染上了斑斑的红渍。我的脸孔和手因寒冷和积结的泥巴僵硬得不能动弹。不知道是寒冷还是恐惧，我的胃强烈的在搅动着。洞穴的水已经完全淹没了泥土，淹没了我的背囊和石块。雨水不断从石道旁的石缝中漏下来，在壁上成了小小的河道，交叠的水的网，慢慢攀满了整个洞穴。现在水离我们的脚只有两呎，甚么时候它会完全淹没石顶？我感到寒冷里一道焦热的气流自胸中涌起，滞留在我的头里口腔里不能泄出。

　　我仰起头，空气里尽是铁锈的气味，铜的气味。水雾沉厚的重量不断向我压下来。我们逐渐不能呼吸。我让自己伏在石上，黄也躺下了。只有童仍团坐着，凝视着洞壁上的黑暗。我的耳朵尽是蹄声，是雨的声音，还是壁上的牛在雷暴中安闲的奔跃？甚么时候过去了？现在是黑夜还是下午？我们的官感浸蚀在过多的雨水中渐渐麻木了。

水现在离我们只有一呎，岩石有四呎高，水若再升高要下去跑到岩洞上面就更困难了，而他们不懂游泳。我拍拍童的肩膊，教他们学着我慢慢沿石子伸出来的地方爬下去。

可是，我们一接触地面便坠入更大的恐惧了。松软的泥土在水的浸积下变成巨大的泥沼，深深吸陷着我们的脚，我们不能动弹，我们的腿随着任何轻微的动作陷得更深。黄惊呼一声差不多晕倒过去，童也在突然的变化中惊醒了。我们恐惧的相视，我们现在是甚么也不能做了。我们一手握着彼此的臂，一手抓着岩石的突处，避免水流把我们冲散或在泥涡里再陷下去。黄苍白得像梦。她张着口甚至不能哭泣了。童惊愕中沮丧地看着这一切，他紧紧抓着我的臂像最后的接触，我们如此脆弱无助，他深深地战抖了。

我们的手在长久的张力中慢慢失去了知觉，我不知道我们仍在紧抓石块还是任它松弛了。混浊的红水中我们亦不能看见。水已经淹到我们胸部。是我们陷下去还是水已经涨高了？我开始慢慢坠进了黑暗。

然后我突然看见光，电闪进石穴，白色的电光蓦地充满了小小的洞间，分出了天和地，地面是屯积的泥土和雨的汪洋，风带来的波浪翻过了小小的陆地，撞击在石壁上再飞溅开来。坟起的泥土上搁浅着给雨水中冲下来的黄草，一蓬蓬的缠结着，偶然的石块给水冲落在土里像重重的果子掉下。我感到窒息，我的头浮荡不定，在这寒冷潮湿的恐惧的感觉里，我的身体好像在不断的向下飘落，越过了天空、夜和月。电再闪进来，奇异的强烈的白日，间歇的反映在洞穴的汪洋里，带着零散的闪烁像星。然后我看见兽尸。黄鸟的尸骸，随着雨水冲进来，沉浮在小小的石室中央像暗色的鱼；小小的昆虫的尸骸，微尘一般的散布在水面上，枯枝般的蜥蜴的尸骸，袋子鼠的尸骸，脸颊因水或是储藏的种子鼓涨着，野兔的尸骸，狸的尸骸。它们的洞穴涨满了，随着夜的倾覆跟我们一起落到这小小的海洋。这些自然的碎片，它们在风和波浪的扰攘中穿梭在我们周围，不时撞击到我们身上像刻意的催促。我们走了六天，经过了爬虫走兽、鱼鸟、日月星辰、陆地、海洋、光，回到宇宙之始。我的头急剧的敲打着，我渐渐失去了知觉。

巨大的雷声猛地把我们惊醒，石穴轻轻的震撼着，细碎的石块沿石道滚进水里溅起了红色的浪花。在电光的连续闪烁中，我看见一只白色的美丽的犁牛在洞口徜徉，它从容的走着，越过了洞口再转折回来，轻轻把角在洞口的石上擦着，它的头缓缓摆动，闲雅的安详的来复，然后便离开了，舒泰、自若、而不经意，它背上白色的长毛在风雨中柔和地翻动着，像细细的召唤。

雷继续响了许久，洞穴在电光的闪烁中突然爆开，再萎缩在黑暗里。然后雨停了。

石穴间的水仍在风中涌荡着，我背囊口的绳子松脱了，里面的东西随着水流飘浮在枯草和兽尸中间，地址簿的散页、工作程序的纸片、新书目的小卡、沙漠研究报告的草稿、内陆作家的剪报和影印本、给他们写的未完的信。纸张给水浸得柔软了，黏贴在我们的身上。在这遥远的荒漠的寂静中，它们重新把我唤回当前的繁琐和系念里。我仍未能回到过去吧。而我们如此脆弱。

我们呆在石上。我们的气力失去了，我们是柔软的黏土，随时在最细微的动荡中塌下。黄衰弱得像风，甚至不能触摸了，她仰面瘫痪在石块上，黑色的长发披散在缝隙里像寄生的草蔓。童伏倒在我的肩膊上，他再不能观看。之后他会怎样？只有壁上的牛仍带着更鲜明的颜色安详地傲然立着。

水终于沿着隐秘的出口慢慢退去。地面开始露出来，松散的红地，黏着散乱的草石、纸张和尸骸。现在只等候太阳和风驱赶余下的渍水。还有多久呢？我们的肢体已经离散了。

地面可以行走的时候我们已经虚弱得不能动。我们竭最后的力量拔起腿跑到石道旁。我背起黄慢慢爬上去。石仍有点滑，我们摔倒许多次，我的足踝扭伤了。我们踏到地上之后便立刻倒下，昏睡过去。

我们醒来时太阳已煌煌的照着了。我的脚红肿，疼痛。黄仍昏迷未醒，她白色的衣袍染上了褐红的颜色像成长的椿叶。她的手紧紧抓着童的衣角。童仍怔怔地回首看着洞穴的黑暗。

他在思想甚么？

我的脚伤了，黑色开始蔓延开来，我暂时不能行走。但荑仍昏迷，她的脸苍白而透明，她急需救治。我唤童先带荑回去医治。我再休息一会，拾回背囊便会赶上他们。我把罗盘除下，挂在童的脖子上，脱下衣服缚在他的腰间。我抱起荑，小心地把她交到童的手上。童看看荑，沉思着，他美好的脸树一般升起。他俯下身拿额擦着我的胡子。他的呼吸里有强烈的土地的芳香。

"我们再来。"

他重新用言语跟我交谈。我们两个远离宇宙的人，他于人类远古的童年，我于广大的家居。我在深深的不安里仍不若他尽心。我曾做了甚么？我是更遥远的人。我们会再来吗？他亦要负新的责任了。

我怔怔的看着他抱着荑慢慢远去。他宽阔的衣袖在风中拂拍着，像毁损的翅膀竭力扬起。

一九八〇年

# 一个晕倒在水池旁边的印第安人

编者按：这些笔记原藏于加州史氏海洋研究所档案室。本刊驻美记者取得研究所所长罗生柏教授的同意，交由本刊发表。笔记原作者是七十年代研究所学生，是所内唯一的中国人。为人害羞、寡言，与同学不相往来。他的笔记放在一个灰色文件夹里面，外面画了一颗胡桃，右上角有"报告"二字，但内文不类学术报告。为保留学术材料以便有志者将来进一步研究，以及保存海外华人生活鳞爪，本刊谨把笔记发表，不加删节。

## 发现

他挺拔沉默如我父，我起初不晓得他是印第安人。他倒在研究所旁边模拟海潮的水池边，手垂到水里，蜷伏在那里像一个婴儿。我们刚在化验所前晒网，网上还黏着红草和雏鱼。我退后站到树旁的阴影那儿，便看见他了，远看他像初冬的土壤，我们走上前去，看见他上身赤裸，只穿一条羊皮的短裤，腰旁有一柄套着鹿皮鞘的短刀。他的手很冷。我们用亚摩尼亚把他救醒，然后挽他起来。他随着我们的协扶站起来，缓缓升高如一头熊。

我们领他进入会客室让他坐在沙发上，沙发的柔软令他害怕，他狐疑地站起来，看着逐渐平伏的坐垫，然后远远跑到墙角蹲下来。此后他再没有走近沙发了。他抬起头仔细看我们。他的头发很短，脸孔舒坦而柔和，轮廓有点像我国北方的男子。或许远古的时候我们曾是亲近的人，他的先祖从蒙古迁徙，穿过相连的冰峡经亚拉斯加来到北美，我们因此脸上有相近的痕迹。但我们也只是猜他是也夷族吧了。他不懂英语也不懂西班牙语，我们请来了本地的印第安人当斯跟他交谈，但他们亦只有"土地"（tu-wee）这字是相通的。当斯说他可能是也夷族最后一个生还者。也只有也夷族的眉是相连的。一九一一年美国步兵跟他们多次战斗之后把他们差不多全杀死了，只剩下五个仍在森林奔逃，他们的尸体亦相继在河边发现。他可能是他们辗转许多代后成长的孩子。但他为甚么会昏倒在白人的世界里？这一年来森林署不断派队伍到奥维斯山脉勘察，是他因为要逃避他们而走错了相反的方向吗？他独自在林中生活多久了？

祖开始问他的名字，他指指自己说"祖"，指指当斯说"当斯"，指指教授说"罗生柏"，指指我说"斌"，然后指指他，他看着祖然后把手放在头上。他是明白的，但我知道他不会说出来，他们的名字是尊贵的，只有亲近的人才可以用来呼唤他们。

"我们叫他以思吧。"教授说。

"以思"在印第安语中是"人"的意思，我们叫他"人"。我们让他住在会客室里。他一直蹲在沙发对面的墙角那儿，一动也不动的看着我们，没有害怕也没有愤怒，只是看来疲倦极了。我后来晓得，他是不懂愤怒的。我们试验他的各种反应，把闹钟放在他的身旁，突然的声音把他吓得跳起来，他奇怪地看着这个呆立发声的小盒子，轻轻拿起它放在胸膛上，仿佛怀抱啼哭的小儿，这时他是出奇地温柔的。我们发现他反应很快，但没有激烈的行动。我们请来了本校的人类学教授施怀则和人类博物馆馆长宁斯。他们拿来了各种仪器测验他的视力、听觉、心律、肌肉及其他各种功能。他们发觉他很驯服，对加在他身上的一切毫不挣扎，最后他们拿报纸拍拍他，把杂志堆在他身上，用手拉捏他的头发，他也没有做声，只用双手护着头和脸，在手肘弯起的空隙中看着我们。最后闹得紧了，他躲到书架和沙发那儿的空隙间，仍然蹲着，双手交叉按着肩膊，手肘搁在膝盖上，下颚抵着前臂。他没有看我们，他垂下头，留心地倾听，像一只折合起来的小小的害怕的蛾。他没有提出疑问，不会还击，也不会愤怒，孤独的人是不会愤怒的，愤怒需要对象和习惯。它是燃烧的火，从接触中来。孤独的世界潮湿阴暗而寒冷。它的本质是嶙峋的荒野，没有形态的空虚。他行走在自然的规律下，没有抗衡的能力。风雨来了他在山洞中躲避，给野兽伤害了他躲在石的阴影下等候痊愈。他独自生活，四周只有簌簌的风声，他跟石的倒影说话，随着时间的起伏转动。你会对季节愤怒吗？他埋藏自己的言语，他多久没有说话了？孤独是沉重的兽，你背负他如背负自己的缺失。我熟悉它的气味已有多久了？

## 食物

我们把他搀进会客室，他跑到墙脚蹲下，抬起头仔细看我们。他的唇焦裂，他一定很渴了。祖把手帕蘸温暖的水替他擦脸，再拿一罐冰冻的可乐给他，替他打开放在地上。他伸手拿起罐子，碰到了立即缩回来按在胸膛上，让身体温暖冰冷的指头。他朝罐口的洞看进去，然后用中指按着洞，再把罐子覆转，看看里面是甚么。里面的液体慢慢渗出来，他立刻把罐子放下，看着流到手背上的棕色液体里的泡沫一个一个消失。他把手在羊皮裤上揩，然后把罐子远远推开。此后他只肯喝水。他喝大量的水。他把水盛在玻璃瓶里喝。玻璃瓶本来是盛花的，放在书架上。他看见这室内唯一的植物，便跑过去伸手去抓仿佛在空中生长的花束。他碰到了透明的玻璃，不肯放手了。他仔细地看着它，用掌心随着它的弧线转动，听它的声音，他把脸贴近它，让它旋过眼睛和前额，花朵在他的头上散开像奇异的冠。最后他把瓶子提到嘴旁，罗教授连忙把它拿下来，扔掉花，给他洗干净，盛了清水让他喝。他喝水的时候用双手牢牢抓着瓶子，手指像一扇木的篱色。他的手指很长，手心是白色的，柔软如女子的手。他用挂小刀的绳子把瓶子系在腰间，行走的时候它擦着羊皮的短裤有风的声音。

　　我们让他吃蛋糕和墨西哥豆。蛋糕很长，他用双手捧着两端像捧着玉米，一口一口专心地吃。他盘腿坐着，倚着墙，头轻轻仰起。我这才明白，风度不是教养得来的。我站在他身旁，他苍白柔软如雨中的叶。我替他把豆弄热。他很喜欢吃墨西哥豆，他用手指掏来吃，在碗里从左到右刮一个半圆再放到口里。浓的汤他用两只手指，稀的汤用三只。他不碰刀叉，他不喜欢那种接触，但喜欢调羹圆圆的形状，他有时用调羹把面包压成半圆形的小丘，一个一个排在盘起的膝上，然后慢慢吃掉。他也喜欢熟鸡蛋，他把壳剥开，把蛋黄掏出来吃，再把蛋白捏碎放进瓶子的水里，是为了让水有土地的味道吗？他不喜欢火腿和烟肉，是因为它们红色，而红色的肉仍有生命不能吃的。

　　他被发现的消息一下子传开去了，人们从老远的地方跑来看他，偷偷抛给他一些糖果。人们从门旁一扇小窗的窗帘夹缝窥看他，他却看不见他们，只是回头会发现地上多了许多糖果包，他把它们拾起来放在腰间的玻璃瓶子里，偶尔俯身看看它们的颜色。

　　他很喜欢吃水果，有时整天都在吃水果。他有时把鸡蛋黄塞进香蕉里一并吃，有时夹进桃子里。桃核他把它们储起来，用小刀刮干净，在上面雕刻，是要刻下失去的事物吗？

## 海洋

　　人类学家施怀则带他去看海。要观察他的反应。会客室本来也可以看到海。海上有点点白色的浪花，波浪退去时沙滩上会留下了一条淡黄的长长的线，浪涌起又再消散了。也可以听见它的声音，像一阵一阵撒下的沙。但他看了海却没有甚么反应，不惧怕它也不受它迷惑。他看它像看着一幅必然的景象。他从来没有看过海，它的形态曾存在于他的想象中吗？施怀则拉着他的手踏进海里，他脚下的沙在波浪中移动，他给波浪冲倒在沙滩上，他茫然看着退去的海，神情像一个小小的孩童。然后他站起来，他看到脚旁有一只很小的螃蟹从一个圆洞里爬出来，他弯身把它拾起，看着它在空中扒拨的爪子。他把它放在肩膊上让它从手臂爬回洞里。他对海边的生物比对海更有兴趣。施怀则有点失望。他以为迷惑了那么多人的海也会迷惑到他。

　　施怀则驾车把他带到市中心看高耸的大厦，但他对现代文明也没有特别的惊叹。一切发生在周围的东西都是理所当然的，如果石块可以生火花，汽车当然可以行走。但他却喜欢灯，每当我按下按钮，他会肃穆地看着，屏着气等待灯赫然亮起来，让时间延长，一切继续发生。他不喜欢电视、照片、幻灯画片，一切没有形体的东西。他喜欢飞机，因为接近天空，不喜欢高大的楼宇，因为笨重没法攀爬。他喜欢门钮、书衣、杯耳、椅背、袖子。他会在门旁耽一整天，握着门钮，把门关了又开，让风吹开垂到眼前的头发。

施怀则完全失望了，他期望他会震慑于现代文明，他却漠视周围的变化，喜欢细碎的事物，沉于过往的情态而不愿超拔。他仍然赤裸上身，依旧用手吃东西，弯身默默坐在地上。施怀则拿出一本传记给他看，传记是关于一个印第安人，他在一九一一年在亚里桑拿州被发现，现在在民族博物馆负责搜集印第安各民族的资料，并协助管理亚里桑拿保护区的印第安人。封面上有他的照片，他穿了西装吸着烟斗，脸上有一个僵硬的微笑。以思把书推开，把手放在头上，他知道他不再是相近人。他整个身体伏在地上。

## 言语

我是怎样和他亲近呢？起初我们都是沉默的。我给他端来吃的东西，带他到外面梳洗的地方。遇到人的时候他紧紧抓着我的手。他的手很温暖，比常人的温度高很多，而那时已是初秋了，他的温暖传到我的身体里。我回头看他，他的脸柔和得不像印第安人，虽然仍带着强烈的太阳的痕迹。他按着我的肩膊走路，我们是两个多么相异的男子，同样对世界害怕，但又是基于多么不同的理由。他是因为文明的隔阂和长久的孤独。而我是文化的相异，来了这许久总仍感到格格不入，他们是坚固的墙壁把我们挡在外面。我们是相同的异乡人。我们这时还没有交谈，只不过他仿佛晓得了我与其他人的分别。

　　我们第一次谈话是在一个清凉的黄昏，夕阳把房子涂上一层虚幻的红色，天空变得很低。我刚上完课来到会客室，我把书袋放在沙发上，书本和笔记本子从宽阔的口袋里掉出来。他看见里面一张深海鱼类的图片，跑过来轻轻拾起。

　　"Llobo？"

　　我点点头，那是一条深海的鼠尾鱼，我给它绘上了颜色。我拿另一幅说：

　　"Batfish。"

　　他微微笑了，这是我第一次看见他笑，他笑的时候鼻两旁有浅浅的皱纹像一个小小的孩童。我把我所有画过的鱼都给他看，模仿他们的动作，巴里鱼游得很快，牙齿很尖，会吃人的；石鱼一动也不动的蹲在海底，像一块古怪的石头，身上却有剧毒。雌的鱼身体很柔软，像一个泄气的气球，身上附着几条小小的雄鱼。我一直在扮鱼，直至天全黑了，风带着夕阳的余温从海上吹过来。我从袋子里拿出一个中午吃剩的包子跟他分吃，那是一只绿豆馅的包子，我在馅里混了几片菊花瓣，所以吃来有季节的芳香。他很专心的吃，把包子一片片撕下来放进口里，他不咀嚼，当包子在嘴里软了他便吞下去。他一动也不动，脸颊微微鼓起，好像有严肃的话对我说。

　　我离开的时候已经午夜了。

　　这一夜我没有睡。我把所有夹着资料和笔记的纸文件夹拿出来剪成小小的纸片，用颜色在上面画上种种不同的图画：火焰、头发、太阳、手、树、郊狼、土地、空气、眼睛、水、落叶、悲哀、婴儿、星星、哭泣、秃鹰、父亲、尊严、爱、死亡、鼹鼠、美丽、哀号、月亮、拥抱、孤独、害怕、鱼、海洋、木蝶、网、秃枝、中国、印第安、书、逃避、绿豆包、鸟蛋、气味、石块、门钮、牛奶、笛、名字、怀念、牛、电视、窗子、丛林、微笑等等。第二天清早，我带着图片找他，想告诉他我一生的故事。

　　我跑进会客室的时候他却不在里面，然后我看见他从走廊的另一端朝我走过来。这时太阳刚从背后升起，给他凌乱的头发添上一个浮动的柔和的光环，他浏亮的肌肤上闪着淡淡的金色，看来像一个美丽的幻象而不像行走的人。他走到我跟前用臂环绕我的脸，他身上有淡淡的树液的清香。我们并排坐在从大门射进来的阳光中，我们的影子远远攀出窗外，它们比我们更没有恐惧。我们由于害怕而离开原来的居所，他是畏惧文明的侵袭，我是害怕永恒的变动，然而我们都在新的处境里感觉不安，我们为甚么不回去？

　　我取出图片给他，他仔细的看着，然后我取出"气味"和"树"，告诉他身上有树的气味。他开怀地笑起来，然后又轻轻的蹙着眉。

　　"丛林·怀念。"

　　他把图片放到我面前。我拍拍他的肩膊。他垂下头，他的睫毛很长，阳光在他脸上投下了稀薄的阴影。我把手的影子变成一头鹰，飞到他肩膊上啄他的头发，他的手却变成一块浓密的云，追着把我吞掉。我把"名字"的图片放在地上，再指指他。

他认真地看着我看了好久，好像是打算要把珍贵的礼物送给我。他缓缓选了"风"和"鸟"。

我慎重地看着，牢牢记住了。我站起来模仿鸟飞的样子，给风追赶，扑倒在山上，再旋回来，舒缓地横过灰茫的天空。

他按按地上"名字"的图片，然后拍拍我的胸膛。

"温暖的太阳。"

这是我自己改的名字，是开始感觉外界事物的时候改的，但我常常感到寒冷。到底是我因为这样才改光明的名字，还是我从前不是这样子的？

他示意我念我的名字一遍，我念了，他按着心胸，仿佛已经默默放进里面。他找出"雨"的图片盖在"太阳"上，我把"太阳"偷出来，踏在椅子上，把它搁在墙上的挂钟顶。

"你"、"这里"？我问他怎么来到这里。

"山"、"大声音"、"害怕"、"跑"、"许多太阳"、"渴"。

他小心地把图片排出一个次序。图片不够，他用手势补充。我想是勘察队把他吓跑的。他跑了那么多天，最后来到模拟的水池旁一定是为了喝水，相信还未喝便昏倒了。

我把"自己"的图片放在地上，问他是否独自生活。

他盘腿坐着，双手举起，手掌相对，向天空唱一支哀悼的歌。他慢慢把图片选出来，一张一张排好，他排好一张，我急切地等待下一张，有时猜到他的意思，便替他选。图片一张一张终于排成一个故事：他的父亲在他开始有记忆的时候给杀死了，母亲、妹妹和祖父在八度落叶以前突然去世。他在一个红色洞穴里独自住下来，在了无人迹的荒野里生活。他燃亮木枝把头发烧短，纪念消逝的人。每想起他们，他唱哀悼的歌，让歌声载着他们，飘离伤害的手。

他凝视着图片，看了许久，然后把它们推开，向后躺在地上，闭上眼睛。一会儿以后，他慢慢起来，把"快乐"的图片放在我前面。睁大眼睛等我回答。

我快乐吗？快乐于我是个奇怪的字语，我不明白它的含义。我在这里干甚么？这国度与我互不相关，我不想回去又是害怕失去甚么呢？这里有最好的设备。罗生柏是温厚仁慈的人，祖也诚恳，我不能跟他们相处会不会是自己的缘故呢？那么我到那里去不是一样的么？

我抬头看着他温和的脸。我与他相近而相异，我们都栖息在偶然的土地上，但他仍在找寻安全的居处，而我处处感觉不安又无力离去。我把手放在头上，这是他们说"不"的意思。他用手攀着我的颈子良久注视着我，然后拥着我的肩膊用额擦我的脸，我感到他的温暖弥漫我的全身，像一朵花慢慢生长。我们是两个同族的人，我们在一个秋日早晨开启。我们周围是重重的画片。在太阳下它们发出淡淡的太阳的亮光。画里的动植物、山群、快乐和忧愁层层环绕着我们像古老的城堡，守护我们度过悠长的一生。

他是我唯一的朋友。

## 土地

我把父亲的衣裤给他穿。衣服本来是遗给我的，但太大了，我瘦小的身体完全给宽阔的袍褶掩没了。这是一套中式的衣服，淡土的颜色，布很软，他穿了更不像印第安人了，但他脸上仍是棕红的太阳的色泽。

晚上我们走到三哩外的山里，中午他拿"忧愁"的图片给我看，指着遥远的山。晚上我把他带到这里来，他脱下了宽阔的衣服，绕着一棵榆树跳舞，他抱了满怀的叶子，一面跳一面向空中散去，枯叶飘满了他的头发，像棕色的冠冕，他口里唱着：

Olluja

Kabawe

Zadochi

每句话他重复三遍，最后一遍他拉得很长，声音很低，头高高仰起，像呼号的郊狼。一天晚上我们听到外面郊狼的叫声，他把图片一张张找出来给我看，告诉我郊狼的亲人变了星星到天上去了，不肯见它，它每天静夜里仰首向天空啸叫，呼唤它们下来。所以他的声音里亦有孤独的哀伤。呼啸一趟之后，他重重踏在地上，双腿张开，膝盖弯曲，左右踏三遍，然后转身，向前踏三遍。他唱了好久。声音穿过摇荡的风飘散在沉默的星空里，最后他整个扑倒在地上，他的脸陷进潮湿的泥土里。泥土发出强烈的豆子的香气。我走过去蹲在他身旁，拍拍他的背，他的身体在清冷的空气里仍是热的。

他躺了好久，然后慢慢站起来，他把脸上的土壤轻轻抹去，黝黑的泥粒在他脸上盖了一层薄膜，仿佛祭祠的面具，给他添上了沉重的神色。他把小刀从羊皮鞘中拿出来，走到不远的岩壁前。岩壁原是小山的裂痕，裂痕下面的石块因为风雨和太阳碎成细小的形状滚下山脚，山壁留下一块很长的、笔直平滑的岩面，不太坚硬。他踏在碎石堆上开始在壁上雕刻。他专心地凿，先刻外形，再刮平内壁做身体的轮廓。他凿了许久，四周寂静，只有他脚下碎石偶然滚落的声音。在微弱的月色下，我看到石上刻了许多重叠的人形，像真人般大小。他们的手张开像沉重的翅膀。下面有小小的圆形的兽。它们一直伸展至岩壁终止的阴影里。它们是甚么意思？

月渐渐浸入雾里，周围是沉重的漆黑的夜，他再看不见壁上的线条。他把刀子放进鞘内，在岩石堆上蹲下来。我走近他的身旁守候着他，一直等到黑夜过去，天慢慢地亮了。

我们慢慢站起来，淡红的曙光射晒在岩壁的人形上，照亮了一个初生的世界。他们在给风扬起的尘埃中仿佛会动。他慢慢行走，没有做声也没有看我。我拾起衣服披在他身上，但他走了不远它们又掉在地上，我把它们拾起围住他脖子，让他的手按着我的肩膊走。

我们走了许久才回到研究所。施怀则已经在了，他带来了仪器和助手要记录他的语言。但他一进去便跑到沙发和书架之间的空隙蹲下，没有动也没有甚么表示。施怀则跑到他身旁拿仪器给他看，一面指着他的嘴巴，示意他说话。但他没有看施怀则，他的眼睛一直瞪着地面。他的手环抱双膝，下颚搁在膝盖上，他在思想甚么？

他一直蹲在地上，在书架和沙发之间，也没吃东西，他身上渐渐长了白色的斑点，青苔一样布满他全身，他发出强烈的木的香气。然后他的外皮开始脱落。他们抓住他的臂摇他，希望他清醒过来，但他的外皮在他们手中剥脱下来，地上满是小小的透明的碎屑。他像斑驳的树，沉默而尊严，他的脸颊深陷，眼睛里有隐约的光。罗生柏说那是忆念的斑渍，忘却以后便会消失。

但越来越多人来看他，这最后的原始人。民族学者希望知道也夷族祭祠的仪式，他们带了三色鼓在他跟前敲打，一个何比族的漂亮女孩子在他跟前跳舞。但他仍然看不见，他们拿东西给他吃，要记录他的神态，他碰也没有碰。房间越来越挤迫，他们把书架、沙发、小几及房里一切东西搬出外面，好让有更多空间跟他接触。不同的研究者带来了不同部族的印第安人，用不同的言语跟他说话，希望引起他的反应。他们敲打各样的乐器，唱不同的歌。他们要知道他部族的语言中，男女的说话有没有分别，女子会不会像伊同族一般把每个字的尾音去掉。他的族里有没有神话、象征、图腾和社会阶级。他们带来了各种奇怪的仪器、分音器、心电仪、光仪，地上拉满了黑色的粗大的电线。生物学家亦来研究他的骨骼与结构，看他在人类进化中占的位置。但他仍然一动也不动的坐着，对一切沉默，深

深陷入自己的思想中。研究的人终于放弃了，摄影机里的同是
一样的姿态，他们把他移到角落里，开始在房间里谈话。有人
吹起笛子，女孩子开始在房中跳舞。然后他们离开了，留下一
间空洞洞甚么也没有的房间。

研究所的人渐渐思量把他送往别处去，一个不说话的长白
斑的印第安人留在一所先进的海洋研究所干甚么？况且他引起
的骚动也太大了。

施怀则开始摇电话给附近的印第安保护区，要找他们收容，
准备以后再研究他。但每区由不同的印第安部族管理，他们不
会收容异族的人。

"让我照顾他可以吗？"我说。

"不，这不是私人的事。"施怀则说，"你——"这时候我们
听见门外有沉重的步声，门慢慢开启，我们背后的光照亮了他
宽阔的胸膛。他的外皮重新长出来了，光洁明亮如初长的儿童，
他慢慢走过来按着我的脖子说：

"Kala。"

他要走了，他把我的脸拥入怀里，过了一会他慢慢转向大
门走去。他比我们都高，步伐优雅，脸上有一种闲适俊逸的神
情，仿佛一切再无关系。他缓缓推开大门。施怀则冲出去想把
他抓住。

"你不能走，我们有地方收留你。"

罗生柏把施怀则按住。

"让他去吧！"

"不要走啊!"施怀则大嚷,工作人员开始从外面向这边跑过来向他追去。以思这时已经步出大门。

他庄严地向前走,如一座移动的山。

"跑啊!"我向他叫。

他回头望我,停了一会然后朝北面的山跑起来,他比他们都快,远远超越了追赶的人,他仍然披着我的衣服,衣服的袖子在他背后轻轻地拍动。

他在奔向一个熟悉又未知的世界。我也有这样的勇气吗?

编者按:据本刊记者从罗生柏教授处获悉,作者在印第安人逃跑的翌日亦失踪了。他甚么都没有带,书籍衣服都留在宿舍。不知他是突然决定回家,还是随着他唯一的朋友消失于荒野?除了笔记本文以外,还有零碎不成篇的英文打字稿,是以思言语行动的分析,专门术语讨论颇多,谨从略。

一九八五年

# 信

文：

　　我第一次看见他是在电视台顶楼楼梯临街的小窗子旁。窗子很高，他要微微抬高头才可以看见屋宇上方的天空。我正拿着译稿跑上顶楼的放映间。这里的电梯只到四楼。上五楼要走两段宽阔的楼梯，楼梯很高，像植物公园的石阶。我初来时常常到这里来，早上十时至十一时半总没有人，我坐在楼梯最高那一级，看着窗外的车辆和灰色的街道。过十二点会有小贩推食物车过来。你知道吗，这里沉默温暖的面貌曾多次平伏我委曲的心。我常常觉得这里甚么事情都会发生，我亦会在这里碰到和我一样疲乏孤独的人。但人们都有喧哗愉快的世界。午后年轻的初级秘书小姐会坐在防烟门旁的梯级上吃零食，互相碰撞，有时包裹零食的玻璃纸会从栏杆的空隙飘到下面梯级那儿，像个扁平的泡沫。有时人们也在这里吵架，我见过一个女孩子把男孩子的眼镜抓过来掷在地下。但这里八点半以前一向没有人，所以我跑上楼梯抬头看到他时不禁有点惊愕。他个子瘦小，像阿知，你记得阿知吗？他穿了一件宽阔的灰西装，袖子盖过了手臂，领带很阔，黄绿色，他听到我的步声慢慢转过来，端详了我好一会，然后向我微微鞠一个躬。文，他真的向我鞠躬。他的头发全部向后梳，脸看来更苍白，他的眉毛很淡，在这昏暗的梯间，看来像一帧黑白照片。他大约只有三十多岁，但因为缓慢的动作和微耸的背，看来是有点老迈了。我点点头，他再看了我一会便继续凝视着窗外明亮的天空。

　　那天我来得早了。办公室没有人。你知道关闭了一晚的空洞的办公室像甚么？它像一头潜伏的巨兽，看着外面从世界伸出来的路。我把译稿放在秘书的桌上便走进放映间坐下。放映间很小，除了录影机和一张椅子便甚么也没有，我伸出两手可以碰到两旁的墙和隔板，隔板之后是另一个放映间，这两个小小的房间便像守卫一样横在入口的通道那儿。我把刚才在询问处拿到的录影带放进机内，平常是秘书小姐给我的，只是今天我提早来。小银幕上是美国一家小酒馆举办的比赛，参加者扮演酒馆的保镖把醉汉举起摔到门外一块软垫上，摔得最远的便得胜。扮演醉汉的都要有同样的体重，入选的排在酒馆末端等候保镖把他们揪出来，保镖扮出凶神恶煞的样子，观众便格格地笑了。他们高兴地随着每一个动作欢呼。但文，这又有甚么可以值得如此欢呼的呢？第二个游戏是比赛越过酒馆的重重障碍跑到外面去。参赛者可以不择手段，甚至毁坏横在他前面的种种杂物。最后胜利的是 T 先生，他挥拳击碎了所有碍着他的桌椅木箱。主持人问他成功的因素何在，他说了一段很长的话，大意是他童年住在哈林区，很穷，到处给人欺负，他发誓要成功、成功、成功。但是，文，这是三四年前的旧片，今日 T 先生不是已经成功了吗？他不是已经在一个受欢迎的片集里演了多年而列根也要跟他见面吗？文，我为甚么要为了生活而强迫自己翻译这些过时、琐碎、绝无意义的东西？

但文，片集也好不了多少啊。昨天我译《昆西医生》，说两个护士在越战做救护的工作，因为看了太多死亡，以至战后许多年心理上仍然不平衡，她们每晚在酒馆流连，结识陌生的男子以忘记过去。后来其中一个被杀了，留下的一个因为害怕而变得歇斯底里。昆西医生便来医治她以及其他从越战归来的退伍军人。昆西医生最后激烈地说："你们应该感到骄傲而不是内疚，你们为了美国的尊严和世界的和平冒着性命危险剿灭敌人，我要感谢你们，美国要感谢你们，全世界都要感谢你们。"他们听后立刻全都痊愈了。护士小姐快乐地跟昆西约会。文，我多么憎恨自己。

十二月十四日

文：

我最近常常想，为甚么一直没收到你的回信。也许你工作太忙了。但我有时想，也许是因为我两月前那封信里提到妻的事。我们把隐私向好友揭露，会不会反而令他们尴尬难言？也许我不应该把自己的烦恼加诸你身上，以后在信里我只跟你谈生活和工作的琐事好了。

十二月二十四日

文：

为甚么我还要故作轻松，若无其事，尽是说着一些不相干的话？为甚么我要欺骗自己，相信事情不让言语固定便不会成为事实，仍然可以改变？但现在一切又如何可以改变？妻的事我并不感到愤怒，只是感到不安。现在她日渐消瘦而我能够做甚么？强烈的感情噬蚀了她，甚至空气中也充满忧伤。她辞去中心的工作在家里等候，夜半醒来站在窗前。那边没有消息。起初是他要开画展工作忙，然后是巴黎邮务罢工。在这些焦躁艰辛的日子里，她没有哭，之前在她疑虑迷糊的时候也没有哭。她只是穿着单衣，把头发在后面缩起，每天两次到楼下看信。其他时候她坐在桌子前看着角架上米白色现已有点肮脏的电话。晚上她无休止的走动，仿佛在梦中暗地摸索，她踩出轻轻的步声重重打在我心上。

她很少说话，她在寂静中找寻依托。有时她会焚烧过去的诗稿，看着黑色的灰烬吞噬了火焰。有时她会降低声音，轻轻问我："他爱我吗？"好像要用声音迁就那摇动的希望。文，我看着她苍白柔弱的脸，除了说"爱"之外，还能说甚么？

十二月二十八日

文：

我抚着前额，仿佛感到记忆引起来的强烈的懊悔。但我做了甚么呢？今早八时开始我已经坐在放映间了。文，我如何能够忍受在家里看见她飘浮？荧光幕上有许多动物在奔跑。有时我比较幸运。他们让我译科学纪录片。但科学也同样有意识形态的问题。"第三世界的愚昧无知使他们对前进的科技却步"，我会改成"第三世界的贫苦灾难，令他们未必适合采用英美的种种科技"。但他们录音对口形时会发觉译稿有改动。配音组主任会来敲放映间的门跟我说话。今天下午三时主任来敲门，但没有跟我谈话，只是把他带来，说他是配音组的，有问题要问我，说完便离开了。他仍穿着宽阔的灰西装，打着宽阔的黄绿色领带，像熟鸡蛋的蛋黄外缘。他双手垂在炭灰色的裤子旁，裤子上有细细的白色毛头，衬衣也很皱，但都很干净。他向我微微鞠了一个躬说：

"打扰了，我有几个问题要想请教先生，不晓得方便不方便。"

他说普通话有一点福建口音，那么他不是配外国片集而是配香港片集卖到外地的了。他不像台湾来的，他比较朴素。他的温和也使他看来不像一般住在香港的大陆人。他的声音很轻，很高，像晚上的鸟声，他说话的时候不看我的眼睛，他看着我的衬衣，好久才看我的脸一眼。我说："方便"，他便把手里拿着的《沼泽动物》的纪录片译稿翻开慢慢递过来说：

"先生，鹨鸟的英文名是甚么？"

稿是我前天译的，已经配音，为甚么会在他那儿？

"Ibis。"我说。

他从裤子的后袋拿了一叠大小不一、各种颜色的印着字的卡片，选了一张背后空白的递给我，请我把那名字写下来。我接过去。那是合升冷气修理的广告卡片，上面写着"安装修理，清洗保养，旧机买卖"。我把 Ibis 写在卡纸上面，也顺他的要求把寄居或路经沼泽的鸻类、鹬类、矶鹞类的雀鸟及其他动植物的中英文名字分别写在卡纸上。他拿着卡纸很小心地一张一张看，一面问我它们的读音，一面把奇怪的符号写在上面，然后把它们庄重地叠好。这些合诚电器、励隆地产、新生玻璃、彩虹天线、声宝水电工程、生记水喉的广告卡片，现在变成可以帮助他寻求改变的一种力量了。

他珍重地把卡纸放进后袋，然后向我鞠一个躬说：

"谢谢你，先生。"

我向他点头笑笑，说："不谢"，便转过去继续我的工作。我把录影带从头看一次。我看了三小时，每次到录影带结束之前的爆炸声及警车声我才发觉影片已经过了许久。我深深吸一口气。准备了纸和笔，忽然听见背后有窣窣的声音。我回头看却发现他仍在背后。他抱着手，左肩抵着隔板，看见我回头便垂手站好，向我轻轻鞠躬。他微微张开嘴好像想说点甚么。我耐性地看着他。终于他抬起头说：

"打扰了，听说先生是从美国回来的？"

"是。"

"先生，那边是不是每人都喝可口可乐？"

这样一天又过去了。

一月十二日

文：

罢工停了，但他仍然没有信。我应该觉得高兴吗？不，我更担忧了。妻甚至停止到下面等待。过多的落空令她不再行动。她整天坐在露台前的摇椅上，一动也不动，也不在思想。有时她轻轻摇着。我晓得她心内有一个悲恸的世界，随着某种轻微的暗示裂开。最初的时候，她会向我说出她对他的爱，她对他的爱的怀疑，以及她对自己的爱的怀疑。文，我觉得那时她是极端需要我的。但现在，她已经没有甚么可以告诉我了。一切都归于静止，而我对沛的憎恨也更深了。文，我一开始已经看出他的虚假。他的一切都是借来的，他最夸耀的一组画"物／非物"的意念是来自达达主义的"椅子／非椅子"。他又极度自恋，他拿他十九岁的一张书法铺在地上给我们解说。文，那是少年时代的习作呀！他好辩而自我中心。他对我说的每句话都提相反的意见。他抢掉我要放进咖啡里的糖，侃侃而谈食物和营养均衡的问题。但那是多么平庸的理论！从讨论电影说到人生态度时，他讽刺我是妇人之仁，他说我是老掉大牙的人道主义者，跟他这个非人道主义者到头来是相同的，因为我表面关心别人，却没有能力或时间真正照顾他们。文啊，我是这样的人吗？我不是这样的人啊。我多么憎恨他，妻会相信他吗？但

她那时是多么温柔地看着他,他站在镜子前侃侃而谈,不时在
胸前擦手,他的脸在灯光下发出汗光。是那时妻被他的狡黠、
他言语上的狂暴慑服?还是之前当他领我们到拉丁区,站在路
旁随着街头艺人的歌舞扭动身体,然后突然拉住妻叫她看希腊
店前竖起的圆型烤肉和含着花朵的小猪时,被他生活的趣味和
突然的温柔感染?我只知道自此之后,一切都不同了。我开始
听到他们在我背后发出声音,在厨房门外,在我刚巧看不见的
角落。我从房内看见他们在冷峭空阔的走廊上投下亲近的影子。
文,我感到我被妻的快乐重重击倒。

一月二十日

文:

我一直收不到你的来信。你是不是觉得我过分伤感和自怜
呢?你是不是在用你的沉默逼我反省,调整我的态度?但我应
该怎样做?爱是不是令我变得小气自私呢?我对他的憎恨是不
是有点过分,这是不是亦显示了我本身的问题?

一月二十八日

文:

他的存在沉重地压在我的身上,像湿衣服,像沥青,像一
种无法着手治愈的病。我在放映间工作的时候,他很多时会走

进来。他没有敲门，也没有做声，可能他害怕打扰我，他扭开门便进来了。他的动作那么轻，初时我偶然回头看见他，着实吃了一惊。但他来并不是要问我甚么，也不是跟我谈话。他甚至没有看我。他站在我背后两呎左右的地方，在我的椅子和门的中间，抱着手臂靠在墙边，好像斜靠在一片空白上。有时他会吃糖果。有时秘书小姐进来拿录影带给我，打开的门会把他推向墙边，他稍稍挪动一下，移到门后的空隙，待门关后又回复原来的模样。我觉得他像水族箱里的一头蝾螈，在黯淡的白光中静默不动，偶然伸出一只手，过一会又立刻缩回去。他的眼睛在寂静中搜索，带着无尽的沉思，思想过去的岁月，孤寂的烦扰。他是完全孤独的吧。他甚至不懂跟人谈话。有天他忽然说：

"你一定看了很多书。"

"不，没有。"

"你一定看了很多书，我晓得。"

然后他又把自己关闭了。我无法跟他说下去。我曾多次跟他说我工作忙，但他仍然有空便在我的背后站着。有时我故意晚点来，却又看见他站在楼梯的窗旁等我，文，我不是对他没有同情，我晓得他独自生活在这复杂的城市。配音的工作令他没有办法表达自己。他需要一个朋友在角色以外认识他。但我也是同样的脆弱。他的沉默与他的声音同样骚扰我。我害怕别人站在我背后，尤其是在这不安的时刻。文，我多么害怕受到伤害。

"不阻你的工作，先生。"他温和地说，"不阻你的工作。"

说完他向我轻轻鞠了一个躬。

我发觉他向每一个人鞠躬，称他们"先生"。碰见外国人或漂亮的女孩子他会让他们先进电梯。文，我慢慢有点讨厌他了。

现在他可以提起勇气看着我的眼睛。昨天他来到放映间，这次是在我身旁而不是在后面站着，牢牢注视着我，从无法丈量的深处，仿佛准备把他心里隐藏已久的东西告诉我。我慌忙抓起桌上一本书塞给他说："送给你的。"然后跑到门旁冷气机前调整温度的按钮。文，我这样做是不是有点残忍？但我已经快要崩溃了，为甚么还要负责一个古怪愁惨的陌生男子？

二月十日


文：

可怕的事情发生了，妻开始再到中心上班。表面上好像一切都回复正常。她尽心打扫家里，不停揩抹已经擦干净的窗台、沙发扶手、书柜、桌子，一切袒露在空气中的东西。有一天她把古老的铜盆、铜锅等器皿拿出来一件一件擦亮。在厨房寒白的照明下，它们发出满布芒刺的金色亮光，但妻的脸却明显地憔悴了。每夜她因为白天的工作而浑身燠热不能入睡。当黎明来临，寒风吹熄了身体的火焰，她却深深地颤抖了，我晓得有一件重大无比的事，会随着累积的零星的暗示发生。

二月十九日

文：

他再没有来找我了。可能是我伤了他的心。那天我从外面拿着一杯热茶推门进放映间，从隔板反弹的门在我的后面碰着手肘把茶弄翻了。那时他刚好站在我身前，水便溅到他身上去。我看见他衣服上的茶渍不大，对他笑笑说声对不起便坐下继续工作。过了好久，我忽然听到后面有沉重的呼吸声。我回头过去，却发现他在哭，手背红了一大块。他正用衣袖擦眼睛，看见我回头便说："你们都看不起我。"说完便转身拉门离开了。之后他再没有找我。

三月一日

文：

在这冬天和春天不安定的间隙里，冷峭的风撩拨着人间的种种，妻终于伏在床上哭了。她哭了很久，哭得很凶，然后把头埋在枕下睡去。今天，她对我说下星期六到巴黎去。

三月十六日

文：

我想了很久，今天我终于悄悄买了一张到巴黎的机票。文，我这样做是不是很横蛮？我是不是剥夺了妻去爱的机会？但我知道她这次去了再不会回来，我永远不会再见到她。如果我去，我会在她痛苦失望的时刻安慰她，保护她。可能她心里真正爱的其实是我。

三月十八日

文：

我四处找寻他。我心里内疚。他现在在这都市的某一个房间里躺着，感到羞愧和惊悸。文，如果我对他好一点，如果那天他离去后，我去找他好好谈谈，事情可能不会闹成这样。那次以后，我发觉他突然变得过分活泼，常常逗人说话。他赞美别人的衣饰，告诉他们那里的椅子是他帮忙搬过去的。但他不懂这里社交的习惯，他显得过分热情以致其他人都有点嫌他。昨天在电梯前面我看见他逗一个舞蹈组的女孩说话。我知道他喜欢她。有她在的场合他变得闪缩不安，不自觉地发出过多的声音。他会把鞋子用力在地上擦，仿佛要抹去一道尴尬的记号，或是用笔敲响皮带的扣子。昨天他把他的卡纸拿出来，卡纸上面都画了画。他用颜色铅笔把想象的鸟兽画下来。他喜欢鸟，画得也最漂亮。他看着字的形状思想，创造新的形态。于是鹨鸟头顶有一双大眼睛，看着前面延展多里的河滩；鹀鸟的腿修长结实，把它带到了星空；鸺鸟张开腿跑得很快，却又时时回头顾盼；矶鹬愤怒如一堆蓝色的碎石。而它们都充满了美丽明亮的颜。它们占去了整张卡纸，中央的中英文字母都成了它们身体的一部分，变成眼睛、疤痕、舌头或者四肢。他很小心地从里面选了一张，庄严地递给那个女子："送给你。"她接过看了一眼：

"啊，看图识字。"

然后她翻到后面。

"嗤！广告卡片也可以送人！"她把卡片随手扔向废纸箱便进了电梯，卡片掉到地面，电梯门一下子关上我才发觉自己也给留在外面，他怔怔看着被丢弃的画片，他低下头不敢看周围的人，默默扯高垂到手背的西装袖子，走过去把它拾起，他用手帕揩干净，再把它和其他卡片放进后袋。他低低垂着头离开大堂走向通往楼梯的门。文，我感到有点不安，如果我不是过分沉溺在自己的忧伤里，觉得自己有天下最大的愁苦而无视周围的人的需要，他也不至于那么急于投向世界寻求友情的补偿，亦不会轻率坦露自己的心，这次的灾祸更不会发生了。

今早在五楼我远远看见他，但我没有跟他打招呼。我躲在一旁待他走过才遥遥走在后面。我低下头，怕他回头知道我已经看见他。他拿着画了图画的广告卡片专注地思索。那是他唯一的依傍了吧。他推开防烟门走下楼梯。他走得很慢，一只脚垂在半空好久才踏到下面的梯阶。他的身体随着步伐轻轻摇晃，手缓慢地掠过扶手下面的栏杆。但在转角之后不久，他突然停住了。我在他上一段楼梯的顶端，看到下面他的眼睛紧紧盯着四楼的门。我悄悄跑到栏杆旁俯下身去，我看到那舞蹈组的女孩从微开的门露出半个身体跟门内的两个男子笑闹。他们拉着她的臂，其中一个抱着她的腰要把她扯进去。她一边笑着骂，一边腾出一只手抓紧门边的墙，然后狠狠向其中一个男子的腿踢过去。那男子吃痛松了手蹲在地上，她便哗笑着飞快跑上楼梯。他站在楼梯上呆呆地看着她冲上来，一动也不动。为甚么他不挪开一点让她过去？他要抓着机会跟她谈话，还是希望接触这他永不可能接触的身体？但那女子在离他两级梯阶时突然抬起头，她蓦地看到他僵硬地站在面前，大大吓了一惊，尖叫起来，向后跌了一步。他急忙赶前扶着她。但那两个男子听到叫声，这时立刻推开门冲上楼梯来。他们看见他握着她手臂，便猛地把他揪开来压在墙边叫道：

"你想做甚么？"

"我没做甚么。"他的手臂瘫痪地垂在两边，一只手仍紧紧握着他的一叠卡片。

"没甚么？你看！"

她宽阔的领口滑下了，露出一边的肩膊。

"我没做甚么。她摔下去。"他怯弱地说。

"还撒谎！"他们更愤怒地把他的头砸在墙上，"你才摔下去！"

我刚要下去对他们说他没撒谎，他们已经揪着他的衣襟把他摔下楼梯了。我惊恐地看着他向后踏空两步砸在坚硬的扶手上再俯身倒下去。他手里的卡片鸟一般飞扬开来沉沉落在灰暗的梯阶上。我慌忙冲下楼梯，把他扶起来倚着墙坐着。他的左额角和鼻子涔涔滴着血，流到他敞开的胸膛上。他恐惧地望着前面，不住到处寻找他的手帕，一面固执地揩拭着额角，仿佛要制止它流血似的。我拿手帕按着他的伤口，说：

"你怎么样？程若，我们到录音室。"

我刚说出来便后悔了。

"啊，原来是配音组的，程若，我认识你的主任，我会把事情告诉他要他革你的职，你看吧。"较高的一个男子说。

在这一刻以前，他们针对的是一张无名的脸，发生甚么事都不会对他有多大影响。现在他们知道他的名字，他变成一个人，一个有过去、现在、将来，和周围产生关系的人。由于我的大意，我令他暴露在更大的伤害之中了。我看到他忧虑地目送他们走上五楼。文，我知道他除了感到羞耻和恐惧之外，现在是更觉茫茫无依了。我扶着他小心穿过地上纷乱的鸟的卡片去洗擦伤口。他的鼻血已经停了。额角仍有血渗出来。我脱下他的衬衣撕下袖子叫他用力按着伤口，然后把手帕浸进水里再揩抹他脸上身上的血迹。他很瘦，像一个衰弱的老人，他的胸膛上可以看见突出的骨骼的形状。我脱下衬衣放在洗手盆边缘，小心不让血水沾污它，再脱下汗衫给他穿上。我领他走出大门。今天是星期六上午。公司里没有碰到多少人。今天晚上我便要去巴黎了，他以后一个人在这里怎么办？走到街上我给他截了一辆计程车，他拉开车门，回头沙哑的对我说："请不要理我。"便上车去了。

文：

上面这封信还未寄出，现在我再来写信把事情告诉你。我很晚才找到他的地址。公司里有他和父亲的旧地址，他父亲也是配音组的，去年申请他来之后一个月便去世了。现在他孤独一个人留在这陌生的城市。

我来到那幢屋子时已经黄昏了。我离上机只有大约四小时的时间。那是一幢战后盖的旧楼，外墙都染上了一层衰老的灰棕的颜色。我穿过昏暗的楼梯来到四楼按铃。一个矮小的老妇人开门，用乡音问我。我说"程若"，又用手比划着他的高度和身型。她用心听着，然后微微侧着头示意楼宇的末端。我慢慢向后边的房间走过去。房门前垂着一条紫色绘着粉红色花瓶的门帘，门没有关上。我迟疑了一会、敲敲门外的板障便走进去。房间很小，他躺在中央一张很大的桌上睡着。他额角的伤口已经停止流血，上面结成一块暗哑的瘀红。他的手紧紧抓着那截染血的衣袖像抓着一束花。我走近拿手帕揩去他额上的汗，然后把门边的椅子拉过来坐在他身旁。他的房间没有窗，但板障上方可以看见厅子的上窗以及外面的一角天空。房内除了他睡的大书桌和一张椅子外，便只有沿墙放的一小排书，一只大纱罩，几袋用"惠康"的黄胶袋盛着的杂物，墙上挂着三件白衬衣，以及墙角那一柱柱齐腰的折叠整齐的旧报纸。我走过时看到他的书，书的两端给两只覆盖的碗镇着。书都很薄：《智慧语录》《如何令人喜欢你》《交友一〇一》《香港鸟类》《社交辞令》等等知识性的书本。文啊，这善良平凡的灵魂，他多么愿意和世界相亲。他带着美好生活的憧憬及对一个城市的梦想前来，现在却躺卧在尘埃里。我转头看他，发觉他已经醒过来看着我。他看见我注视着他便缓缓转过身去。我绕过书桌站在他面前。他很苍白，我看见蜷曲的青色的脉络从额头爬到脸的侧面，仿佛淤塞的河道。这次他没有转过去，只紧紧闭着眼睛。现在天色差不多全黑了，我几乎看不到他的脸。然后他轻轻指着上方从天花板低低垂下来的灯。我按下灯泡顶的开关，一种昏暗的不透明的黄色亮光便流满整个房间，仿佛把它遮暗了而不是照亮它。灯泡因我的动作而缓缓晃动着，他在摇动的灯光里仿佛浮沉在黄色的湖水中，这时已经九时多了，飞机十二时起飞，十时半开始检查。如果我十时左右离开还可以赶回家拿行李。

"请扶我起来。"

我慌忙把他扶起，心里感到一点内疚。我支着他的肩膊让他坐好，他皱着眉仿佛很疼痛，他们把他砸在坚硬的扶手上不知道有没有弄伤他的腰，我轻轻拍着他的背。他坐在书桌边缘沉重地呼吸。常常给外面的声音惊吓着。文，他不晓得他已经是在安全的地方了。又或者是我的出现，把他带回他白天因一时惊愕而招致的羞辱。他双手抓着书桌的边缘虚弱地摇晃着。书桌的玻璃下夹着一些剪报："神经衰弱者要做适量运动"，"医学界人士证明雪糕甜食引致快乐"，"长寿食谱"，"如何清理百叶帘"。他所希望的，不过是健康快乐和长寿吧了，为甚么这样简单的东西于他来说那么困难。我看着他衰弱的脸，我晓得他被周围的亮光彻底击碎了。他慢慢移动双腿找寻地下的鞋子。

他的脚离地有一呎高，我把鞋子套在他的脚上扶他起来坐在椅子上。已经十时多了，护照和机票都在我的身上，若我不回家拿皮箱便来得及到机场。我回来会好好照顾他的。但现在呢？他怯弱而孤独，随时可以因为任何细微的事故倒下去。文，为甚么我到这时候还是想着自己。

"你饿吗？"我问。

"空气很混浊。"

"出外走走好吗？"

他没有做声，过了好久才慢慢伸出手来。我握稳了把他搀起来走到屋外。楼梯很暗。他握着扶手慢慢一步一步走着。二楼和三楼间放了一道没有门钮的门，反映着黯淡的灯光。我们慢慢走到街上，夜很暗，附近多是五金铺、机器零件店、水喉店和香烛铺，都关了门，远处只有一家茶餐厅还亮着灯。夜有点凉，但不冷。他仍然穿着我的汗衫。他站着用手挡住往来的车灯。我扶他转到屋旁一条宽阔的斜路。那里没有车，也没有路灯。斜路末处是一个鱼摊劏鱼的地方，摊前面有几张四方木凳。我把两张拿过来背着大街坐着。鱼摊里面很暗，只看见两栋高高叠着的竹箩抵着白色的瓷砖。他没有动，他用手支撑着膝盖用力地坐着。他身旁前方有一桶浸在水里的鱼皮，是忘了放进冰箱吧。胶桶的盖子可能给猫拨翻了掉在前面的地上。四周很静，对面横内街的车辆转入大街时给我们投下长长的影子。我看着隔壁的李锦记新厦高耸的黄泥色墙壁，忽然听见凳子摇动的声音，我转过头去却看见他已经摇晃地站起来准备回去。

他的手在轻轻颤抖，可能是觉得冷了。我赶忙站起扶他，但他已经转过身把脚旁的胶桶踢翻了。水和鱼皮溅了满地，但他没有察觉，他在湿滑地上走，摔倒了。我慌忙冲过去看他，他躺在地上一动也不动，水和鱼皮在微光中发亮，慢慢从斜路上流下来滞留在他的头上发出微弱虚幻的光芒。我俯身把他扶起，让他躺在旁边干净的路上。我把他的头搁在我腿上，然后脱下衬衣擦干净他沾满水和鱼皮的头发和脸孔，我摩擦他的手脚希望让血活过来。是不是他今早失血过多，所以容易晕厥？我得用热水给他按摩。我扛起他放在右肩膀上慢慢走上斜坡，这时是十一时二十分，若我立刻乘计程车往机场或许还会来得及。但文，我如何可以抛下他？我知道我会永远失去妻。妻是个倔强的女子，我没法阻拦她，只能让她自己发现。我已想过这结果许多次了。文，我现在和他同是一无所有的人，而他现在需要我。我触着他冰冷的活鱼气味的身体，感到一种同命的悲哀。我感到一个人对另一个人的责任和义务。他很瘦，他的骨骼碰着我的肌肤。我们如此相似。风带来对面市场腐烂的葱蒜的气味。我扛着他一步一步向上走，斜路上有零星的砖块，我心里感到一种寂寥的平静。从竹棚拆下来的蜷曲的藤丝，像球一样滚过对街。对面的面厂的门缝升起一阵白色的烟雾，他们一定在磨面。

三月二十八日

一九八六年

# 丛林与城市间的新路

梁秉钧

  吴煦斌的小说里，有不少跟大自然有关。一九七六年夏天，她到外旅行，细看了森林回来，说要写一篇森林的小说。后来大家知道她在写，但一直不见写成，这样过了差不多两年，然后才读到《猎人》。她一九七八年到美国深造生态学，在沙漠做实验，在加州和犹他州看到洞穴壁画，后来写成《牛》。看过她作品的人，都会感到她对自然生态的关怀。

  这种对自然生态的感情，当然与她作为一个生物科的学生和教师、后来在研究院从事生态学和海洋学的研究有关。但悠长而忍耐的写作过程，则是她性格的本色了。吴煦斌的固执是她的缺点也是她的优点。当她想写一件事，那必然已在她心中酝酿许久，而又无论如何不写不行，只能千辛万苦地把它写出来。小说对她不是外衣或装饰，是实在的事物本身。她固执地设法把某些东西表达出来，即使以笨拙的方法，或悠长的时间，也在所不惜。她会一直等到最后。如果有事阻碍，她会强韧地坚持到底。心无旁骛，不受困扰，只为抓住那最重要的。

《猎人》的自然环境重要，但当然更重要的是其中两个人物：父亲和猎人。在某方面来说《猎人》好像是她作品中的一个分水岭，总结了她部分早期小说中经常出现的两类人物：带来新事物或向往新世界的追寻者，以及宽大包容的父亲形象。她的自然背景仿佛是个想象世界，是寻根溯源的场景，那世界半来自认识半来自虚构，其中有它的考验和规则，其中的人物有他们的软弱和坚持。她固执地反复从不同的故事追寻她重视的质素。她细致描写不是为了拟真，而是发挥幻想以对抗现实的欠缺，坚持对生命的热爱和信仰。她的小说原始而笨拙，不似后现代小说伶俐的面貌。她相信的质素亦古老而庄严。她最早读得最熟的两本书，应该是荷马的《奥德赛》和歌德的《浮士德》。六〇年代后期开始，她也读了不少中国哲学和存在主义，翻译过沙特的《呕吐》，但她亦强韧得可以去正视《呕吐》又从那里出来。七〇年代初的一些诗作，比如《山脸的人》，并无当日现代诗的虚无，反而带着那时现代诗比较少见的肯定的声音。她最早尝试把《百年孤独》译成中文，只是因为加西亚·马盖斯叙述的声音里有那种高贵和庄严，对土地的尊重。吴煦斌无所知地与文学的潮流相忘，自然生物里有更广阔的世界。她小说人物的质素向大自然看齐，《猎人》里的猎人是森林，而父亲便仿佛大地了。

她最早想向神话和传说、古老的或异国的文学寻找那些日渐在现实生活中消失的质素。她曾经想过要写关云长的故事，改编《诗经》为小说；早期的《佛鱼》和《马大和玛利亚》，则是圣经人物的新写。圣经里当然没有说及彼德曾否在召唤与爱情之间犹豫，以及在玛利亚身旁马大的想法。吴煦斌的小说设想这些人物的困扰，要提供一个比较人性化的看法。仿佛是由于腼腆而不是由于对现代技巧的爱好，她的小说往往从一个小孩或一个较单纯的男性角度去叙事。早期小说的题目都是最基本的：比如石、木、山、海，或者是鱼……小说里往往也有个比较朴素而完整的视野。开始写得比较复杂的是《木》，副线写叙事者与一个女子比较隐约的感情，主线写叙事者与一位不同文化背景老诗人的沟通。在这普遍性的"沟通"主题底下，有个具体的背景。那位老诗人是四十年代的先行者，经历了政治风暴的磨蚀而沉默，年轻诗人渴望见面交谈，但接触又带来犹豫与恐惧。这篇小说写于"文革"犹未过去的一九七五年，代表了一位香港小说作者对中国文化的爱慕与忧虑。

　　《猎人》继续了《石》和《山》等，仍是以一个孩子的角度叙事，孩子在故事中经历了猎人悲壮的失败和父亲的包容，这也可算是个关于成长的启蒙故事。说《猎人》是个分水岭，是因为在《猎人》之后，作者那种比较纯朴的人生观、完整而和谐的视野、诚恳信任的质素，受到更大程度的外在冲击。作者无法不面对更复杂的世界，做更深入的探索和更错综的调整，尝试重新建立新的秩序。在现实生活方面，作者在《猎人》发表后，离开了生活多年的香港，往美国加州攻读生态学，其间她曾经在沙漠做实验，研究野鼠（kangaroo tars 及 pocket mice）和沙漠植物的生态，也曾往犹他州等地观察当地的洞穴壁画，及钻研法国及西班牙二万年前的史前岩画，亦读了不少高罗·李维史陀（Claude Lévi-Strauss）、爱德华·威尔信（E.O. Wilson）、康里德·劳伦兹（Konrad Lorenz）等人的人类学、社会生物学及生态学的著作。生活上的变化，当然也在小说中见到痕迹。

吴煦斌尊重自然，也尊重文化。她反对扭曲自然，但同样她也不会以为回到原始否定文化就是出路。她不是写自然与文化的二元对立，而是同样在自然和文化中寻找那些有意义而被压抑被排拒的素质。《牛》的洞穴壁画写来令人赞叹，那二男一女的七日寻索之旅，仿佛是象征性的。要回到原初、淳朴和谐的人际关系、言语还不曾歪曲分割的完整世界观，似乎不可能了。人只能面对破碎重建。这时期小说的放逐主题，不仅是地域上，亦见诸言语和文化上，感情和对世界的认知上面。吴煦斌对主流的偏离，令她对边际小人物更多同情，向偏远的文化更深寻索。这种态度在后来的作品中都可以见到。小说对形式也更多实验。

《牛》写于一九八〇年，是她留美生活中完成的一则寻索为题的生命寓言。回港后一九八五年的《一个晕倒在水池旁边的印第安人》也有她在圣地亚哥完成生态学硕士后在史氏海洋研究所（Scripps Institution of Oceanography）修课的背景，但两篇都超越一般的留学生小说，是文化小说的新章。她笔下的自然世界丰美缤纷，但她却非浪漫的怀旧，也非歌颂原始，她的自然素质存在于最现代化的科技世界中，成为一种反省与批评的参照。《一个晕倒在水池旁边的印第安人》用了虚构文件的体裁，一九八六年的《信》则用了书信文体。作品不多的作者，并不重复已有的成绩，每一新篇都开展新的尝试。《信》更完全是城市文化的背景，以在电视台从事美国剧集的翻译员作为叙事者。这时期的作品继承早期作品的人性关怀，特别令人感到作者对边际弱势小人物的同情。吴煦斌开始创作，是在七十年代初香港比较友善的文艺气氛之下，她参与一九七二年《四季》和一九七五年《大拇指》的创刊和编辑工作，既从事翻译也开始发表风格独特的短篇。但她在八十年代回到香港以后，情况逐渐改变了。《信》作为另类的都市小说，读者读到小说中对都市文化中主流传媒和习见想法的反思。

　　吴煦斌作品不多，但文字优美、意境深远，放在现代中文小说的传统中自有她的特色。她小说的魅力一向来自文字本身，读来令人觉得作者对每个字都重视，都带着个人感觉，是她独特的世界观令文字不随流俗。这个不擅酬酢的人，不以文字寒暄。别人抄袭她的想法、摹造她的世界、或反过来否定她也似乎浑然不觉，只顾如荷索电影中的贾斯伯·贺西，用拇指捺着食指艰难地说话，企图说出真实的感觉、不曾僵化的字。这位十多年间发表了一系列短篇的作者，得到一些好评，也颇有些论者认为艰深。希望这小说集的出版，可以帮助我们比较公平地回头看一位香港作者独自开辟出的新境。

　　　　　　本文原系《吴煦斌小说集》序言。台北：东大，一九八七年。
二〇一二年修订，收录于《城与文学》。杭州：浙江大学出版社，二〇一三年。

# 后记

吴煦斌

感谢我的父亲，他对生命的尊敬，对诚实和操守的重视，使我有所依循。他让我知道宽大和包容不是抽象的名词，而是人一种具体的质素。他没有说什么，但他的行止教了我做人，给了我一种仰望的理想。

感谢梁秉钧替我修改我的小说。我们一起讨论许多生命中的现象，对许多事情有同样的肯定和怀疑，这都成了我小说的一部分。他提议许多增删，使我注意结构，对我的小说是一种平衡的力量。

感谢刘以鬯先生对我的信心和支持。《牛》尤其是在这种鼓励之下才能够写出来的。

一九八〇年